DANGER!
深表遺憾，
我病起來
連自己都怕
6
作者 小鹿
繪者 Mocha

深表遺憾，我連自己都病起來怕

相關病史一覽

病歷號碼	●●●●●●
姓　　名	●●●
年　　齡	●●歲●個月

病況描述

序章 005

Chapter 1　四季之景 034

Chapter 2　人形黑霧 076

Chapter 3　祭典 093

Chapter 4　不可理解之物 160

Chapter 5　第九位嫌疑犯 230

終章 249

終章之後 256

後記　第一章 266

後記　第二章 274

後記　第三章 278

序章

「這個世界，是需要邪惡的。」

某天，我的母親對年幼的我——葉柔說出了這番難以理解的話。

在她和我說那句話的時刻，季晴夏還沒來到島上，「家族」尚存；而葉藏姊姊、雙眼完好的我和後面被大家稱呼為院長的母親，依然和平地在「家族之島」上生活著。

可能知道我聽不懂吧，我的母親繼續說道：

「我們『家族』靠著接受委託，『消滅罪惡』為生，但不斷殺人的我們，又何嘗不算是一種邪惡？」

「母親大人的意思是……我們自身也是個該被消滅的對象？」

「我不知道，但是終有一天，這矛盾會讓整個家族陷入破滅吧。」

彷彿看到了不久後的末日，母親望向遠方。

要我說的話，母親太憂心了。

「家族」有五百人，個個武藝高強，而且這麼多年來都沒事，要不是被牽扯進什麼巨大的陰謀中，怎麼可能會覆滅呢？

若真的這樣的未來發生了……

那一定是我們遇到了什麼不得了的怪物。

「葉柔，身處『家族』的我們，不斷面對邪惡、定義邪惡，我們甚至將自身化作邪惡鏟除『邪惡』。」

「那麼，一直接觸邪惡的我們，要怎麼樣才能不迷失呢？」

「妳必須堅定自己的信念，定義屬於自己的價值觀，比方說——」

母親正坐到了地上，我意識到她要說重要的話，於是也跟著正坐。

「假設某天出現糧食危機，要是再不削減人口，人類就要滅亡，若妳是那時的領導人，妳會選擇怎麼做呢？」

「嗯……」

我思考了一會兒後，回答道：

「我會撐到極限，直到解決的那刻到來。」

「要是無論如何都無法解決呢？」

「那麼，我會率先去死。」

我抬起頭來，以平靜的語氣說道：

「身為領導人，必須親力親為，做出符合現狀的最佳行動，既然『死亡』是唯一選擇，那我願意帶頭做出這個決定，並期望有其他人跟從我。」

聽著我的回答，母親露出微笑，點了點頭說道：

「這很像是妳會做出的選擇。」

「這是正確答案嗎？」

「這個問題不存在正確答案，只存在『妳認為正確的答案』。」

「嗯……」

「若是葉藏……我想她應該無法放棄任何一人吧。」

母親露出有些無奈的笑容說道：

「想著要拯救所有人的她，想必最後會讓人類和她一同毀滅吧……真是諷刺。」

「但這畢竟才是姊姊啊。」

我不禁露出柔和的笑容。

姊姊是個一點兒都不聰明的人，但也是這份笨拙造就了她的溫柔，要是哪天出現契機，我相信她一定會有著爆發性的成長。

「對了。」

我看著面前輕搖扇子的母親問道：

「若是母親大人，會怎麼做呢？」

「我會從老人和病人開始殺起，要是還不夠，那就將對這世界沒有貢獻的人殺掉。」

「……」

「我知道妳想說什麼，這種做法毫無疑問是『邪惡』，對吧？」

「嗯……」

「但是，那又何妨呢。」

母親將手上的扇子「啪」的一聲攤開，遮住臉的下半部說道：

「為了拯救更多人，於是犧牲少部分的人——這就是我的正義。」

「儘管母親大人會被所有人視為敵人，妳也在所不惜嗎？」

「葉柔，當個英雄，是件很簡單——甚至可以說人人都做得來的事。」

母親閉上雙眼，淡淡說道：

「但當這個世界需要邪惡時，又有多少人願意跳出來，被所有人憎恨呢？」

當吐出這句話的瞬間，母親的身姿變得有些透明，就像是要消失似的。

「為了自己和大家的正義，我願意當個邪惡。」

顫動長長的眼睫毛，母親緩緩睜開雙眼，看著我說道：

「即使被全體人類唾棄、痛恨、害怕、恐懼，我也願意擔當這樣的角色，因為——」

「當個雙手染滿血腥的反派，比當個人人都稱頌的英雄還要困難、偉大多了。」

看著母親那充滿執著的雙眼，不知為何我突然意識到了。

終有一天，家族會毀滅，而我會與母親為敵吧。

我不由得緊握腰間的長刀。

這個世界沒有對錯，有的只有屬於自己的正義。

即使所有人都定義那是惡，那也說不定是為了讓人類繼續存活下去的善。

那麼，當我面臨那名為惡的善時，我會怎麼做呢？

在那之後過了許多年。

我失去了雙眼、成了族長，因為某些因素與姊姊葉藏視同陌路。

就在我以為我會在家族之島度過下半輩子時，我遇到了季武哥哥，開始與名為院長的母親為敵，在「祕密之堡」解開了最終祕密。

以這個祕密為契機，第三次世界大戰爆發，病能者和普通人之間展開了永無止境的戰爭。

雙方一開始還分成明確的兩邊彼此殘殺，但隨著仇恨越滾越大，最後是誰殺誰都搞不清楚了，唯一能確定的只有這個世界變得越來越混亂。

在季武他們攻上天空之島──「和」時，我一個人在滿是戰亂的世界飄泊，目睹了無數慘劇。

「嗯……一不小心睡著了嗎？」

我搖了搖頭，試圖讓模糊的視線恢復清晰。

「真是的……怎麼會突然想起那麼久以前的事呢？」

看著眼前那到處冒著硝煙的城市，我背靠斷壁殘垣，輕嘆了一口氣。

因為連日的爭戰，我的身體已經虛弱到極為接近死亡，「注視致命」的病能也因此開到了最大。

現在的我，能看到任何事物。

「族長，敵人又攻過來了！」

傳令兵單膝跪在我的面前，說道：

「數量大約兩千！雖是一般武裝部隊，但是似乎攜帶了不少病能武器。」

「派遣第一部隊去迎擊。」

「第一部隊已經、已經——」

「已經怎樣了？」

「敵人用了『死亡錯覺』炸彈，趁第一部隊全員陷入假死狀態時……」

我面前的傳令兵緊緊咬著牙，不再說下去。

「也就是說……第一部隊全滅了是嗎？」

聽到我的問句，傳令兵點了點頭。

「唉……」

又五百條人命消失了。

「真是諷刺啊……」

普通人拿著病能武器戰鬥，而病能者則拿著槍彈迎戰。

到底誰才是敵人，誰才是受害者呢？

我回頭一看，破敗的教堂中躺滿了受傷的人。

這幾個月來，我在力所能及的範圍中，不斷救助需要幫助的人。

不管是病能者還是普通人，只要你願意跟從我，那我就將你納入我的守護下。假以時日，這個集團的人越來越多，勢力越來越大。

等到回過神來，我的底下已聚集了數萬人。

我們被外界的人稱之為「家族」，而我則被底下的成員以「族長」這個懷念無比的稱號稱呼。

「但是，我辜負了大家對我的期望……」

世界比我想的複雜得多。

為了救人，我不斷地確保食物、資源、武器、土地、醫療器材等等的物資。

但當這些東西累積到一定數量後，就引來了其他人的覬覦。

於是，爭戰不斷地發生。

一開始時我還試圖用和平溝通的方式解決，但事態很快就失去控制。這也是當然的，因為所有人都沒有餘裕。

他們為了活下去，於是想要殺死我們。

我們為了活下去，不得不將來犯的他們殺死。

「母親大人，或許妳說的話是對的。」

這些日子來，我殺的人比「家族」中任何一個都還多。

但是，狀況並沒有隨著我的殺戮而變好，反倒是因為跟各個組織結了仇，每天都必須和侵略者進行抗戰。

「……是我太天真了嗎？」

院長建立了「和」，讓其成為了普通人的樂園，病能者的惡夢。

當這個世界需要邪惡時，又有多少人願意跳出來，被所有人所憎恨呢？

院長依循她的理念，成為被大家需要的邪惡。

「——咳！」

一口鮮紅的血，從我嘴中吐了出來。

「族長！妳還好吧！」

「我沒事……」

我豎起手掌，阻止了慌張的傳令兵靠近，以免被她發現我的身體狀況有多麼糟糕。

我已連續戰鬥十天十夜，幾乎沒有休息過了。

身體深處感覺空空蕩蕩的，什麼都沒有。

「族長，妳不要逞強！」

「要是這時我不挺身而出，那誰來保護你們呢？」

「我們可以逃走啊！」

「要逃到哪裡去？這附近到處都是戰亂，沒有任何一處可以讓傷員休息吧？」

「…………」

「所以，只能繼續戰鬥下去。」

永無止境的戰鬥下去。

聽到我這麼說，傳令兵沉默了下來。

過了許久後，她低聲說道：

「族長……」

「嗯？」

「就算只有妳活下來也好，請妳逃走吧。」

「為什麼？」

「本該死掉的我們，因為妳而多苟活了一段日子，這個組織真正重要的不是我們，而是妳！」

傳令兵抬起頭，她以真摯無比的眼神看著我大聲道：

「只要族長還活著，就一切都還有希望，會有新的人聚集在妳底下，成為新的家族——」

「別說了。」

我硬生生地切斷她的話。

「若是連現在的族人都保護不了，談什麼新的族人呢？」

「可是——」

「放心吧，我不會有事的。」

提著手上那薄到幾近透明的長刀——「透」，我以緩慢至極的步伐向前走著。

「我會一個人把敵人都解決掉的。」

不顧身後傳令兵的大聲阻止，身上都是血汙的我向著面前那黑壓壓的人群走去。

總覺得身體好重，彷彿背負著什麼幾乎無法承擔的重擔。

「前進……」

我張開嘴，想要藉著話語逼出身體最後的力量。

「我必須前進才行。」

只是，事與願違。

也不知是不是因為用盡了最後一絲力氣，我的身體陡然一沉，「砰」的一聲跌倒在地。

這時，透過地上的水窪，一個令人驚訝的景象突然在我面前出現。

——在不到一公分的地方，院長的雙眼緊盯著我。

不，仔細一看後，我才發現那是我的誤會。

「哈哈……」

渾身泥濘的我，嘴中流瀉出了乾澀的笑聲。

我的雙眼和面容，就跟院長一模一樣。

——充滿著無可救藥的執念。

「我正在步上她的後塵嗎？」

連日的疲憊和傷痛，讓我的意識就像是融化一般混亂。

「我只不過是想拯救那些人而已，為何會變成這樣……」

——**為了拯救更多人，於是犧牲少部分的人。**

腦中響起了院長過去的話。

彷彿被這道聲音詛咒，我的腦中浮現了一個景象。

——我站在敵軍面前，以最殘忍的方式殺害了他們，並將這個過程公諸於世，嚇阻所有想要威脅我們的敵人。

我突然體會到了院長說這話時的心情。

為了守護他人，或許有時是必須讓自己墮入邪道的。

「不行……」

我緊緊握著染滿鮮血的雙手，將額頭抵在了泥土地上。

「要是繼續這樣下去……我會成為另一個院長的。」

「妳來了啊，族長。」

和我說話的，是一個穿著軍裝的彪形大漢，而站在他身後的部屬，也和他一樣穿著綠色的軍裝。

坦白說，每天殺的人那麼多，我連他是什麼名字都不記得了。

模糊的視線看到軍裝大漢的嘴巴不斷開闔，卻一個字都聽不進耳中。

「敵人……」

我喃喃低語。

無法思考的我，只知道他是我的敵人。

「只要殺了族長，『家族』就不足為懼！」

軍裝大漢手一揮，所有人舉起槍來包圍了我。

面對這樣的絕境，我的心中一點兒恐懼的感覺都沒有。

「吶，我問你們啊……」

我握著刀，以細小的聲音問道：

「是不是殺光你們，就能保護我所珍愛的人？」

「咦……？」

我突兀至極的提問，讓所有人愣在當場。

——鏘！

就在我語音落下的剎那間，所有人手上的槍管應聲而斷。

因為過於神速，直到槍管掉到地上後，他們才發現自己的槍已經被我斬斷了。

「回答我啊……」

提著刀的我，一步一步地往前走去。

頭上的傷口裂了開，卻完全感受不到任何疼痛的感覺。

血順著臉頰流下，滴答滴答地落到了地上。

「喂！這個傢伙好像不太對勁！」

不知為何，所有看著我的人都露出了恐懼的神情。

「不對，就算殺了你們，還是會有新的敵人會來……」

那麼，就殺了新的敵人吧。

若是後續又有敵人呢？

那就把他們也殺了吧。

「只要不斷地殺……」。

只要砍到沒有人敢與我們為敵，「家族」的人就會得到安寧。

──**為了自己和大家的正義，我願意當個邪惡。**

彷彿被這句話所催眠，我眼前的視線變得一片赤紅。

「這傢伙是怎麼回事！雙眼中充滿了血啊！」

彷彿突破了什麼不能突破的關卡，我的身體輕得就像是要隨風飛起，眼前的視野也瞬間開闊了起來。

──我從沒看得那麼清楚過。

「呵呵……」

我握著刀，不斷輕笑。

真是古怪，我完全感受不到刀子的重量，彷彿握著一片羽毛，我可以隨心所欲地操作它。

「呵呵呵呵呵……」

我一個回身，將他們手上拿著的病能武器悄無聲息地斬成了碎末。

現在的我什麼都殺得掉。

不管是迷戀、猶豫、混亂、膽怯、擔憂、害怕──甚至是自己都能殺掉。

「殺了這傢伙！殺了她！」

可能是感受到不對勁，所有人提著備用的武器朝我衝了過來。

只要零點五秒，我就能將這些人碎成粉塵。

提起手腕，「透」順暢地在空中劃出一道漂亮的圓弧——

——當個雙手染滿血腥的反派，比當個人人都稱頌的英雄還要困難、偉大多了。

為了珍視的人沾染罪惡，這種行為雖稱不上偉大，但也絕對不會是種錯誤。

可是、可是——

「這不是……我要的……」

在心靈即將掉到深淵的最後一刻，我硬是停住了自己揮刀的手。

兩道淚水從眼中滑落，我的身體因為過度激動而不斷細微顫抖。

「我是葉柔，是率領家族的『族長』。」

我握著頭上的羽毛髮飾，低下了頭。

過往的回憶不斷從腦中浮現。

在「家族之島」上，我曾率領著五百人，雖然最後知道那些人只是欺騙我的假象，但我仍沒有責怪他們。

從他們身上我明白了，不管是不是敵人，我們都可以是一個「家族」。

我因為族人的死而心痛，而他們即使被我殺了，也依舊在死前喚我「族長」。

之所以能如此，是因為我始終如一。

即使知道殘酷的真相，我也沒有痛恨他們。

「若是成為『名為惡的善』就能拯救族人，我也絕不能這麼做。」

因為，那是院長的救世之道，而不是葉柔的。

我不能用扭曲自己的方式拯救他人。

「所有『家族』的人啊！」

我知道遠方的他們不一定聽得到，但我仍挺直身子大喊：

「這就是你們跟隨的首領。」

在彷彿慢動作的場景中，無數步槍對準我舉了起來！

面對即將到來的死亡，我將刀收進了刀鞘，垂下了雙手。

「這就是我最後的模樣。」

你們並不是因為我是院長，所以才跟隨我的。

你們並不是因為我能帶給你們和平，所以才跟隨我的。

你們之所以跟隨我——

「是因為我是『族長』。」

之所以名喚「家族」，是因為我們是沒有血緣關係的一家人。

若是我捨棄理智殺了所有敵人，我將能得到拯救大家的結果。

但這僅僅只有結果而已。

在這段過程中，我必定會化身修羅，成為人人害怕的存在。

再也不會有人將我視為家人，我也將徹底辜負「族長」之名。

所以——

「不管面臨怎樣的絕境，我都會露出微笑。」

永遠不痛恨任何人。

永遠不責備任何人。

永遠不為了保護人而犧牲任何人。

因為，這就是你們所期待的模樣——一家之長的模樣。

我用身上的衣服抹去臉頰上的髒汙，讓它恢復平常的光潔明亮。

不是只有挽救性命才稱得上保護。

有時成為引領他人的不變路標，也是種守護的形式。

「就算這個世間僅剩邪惡才能拯救族人，我也想讓你們知道——」

「比起能保護你們的邪惡，我更想成為能讓你們安心的家。」

這就是我的正義——我認為正確的答案。

我緩緩閉上雙眼，露出了滿足的表情。

就在此刻，震耳欲聾的槍聲響了起來。

我本來以為我會被打得千瘡百孔。

但等到槍聲和煙硝完全散去後，我才驚覺我身上一點兒疼痛的感覺都沒有。

我緩緩地張開眼，結果發現所有敵人不知為何都躺在地上，就像是被人瞬間打倒。

「說得好，葉柔。」

我的面前，出現了一個寬大的身影。

「真是了不起的『族長』，那即使喪命也不願扭曲自身信念的模樣，連我看了都深受感動。」

站在我面前的人緩緩側過臉來，露出了溫柔的笑容。

「季武哥哥……？」

「好久不見了，葉柔。」

「你怎麼在這邊？你不是上『和』跟院長對戰了嗎？」

「是啊。」

季武輕拍了拍我的頭。

「不過放心吧，我是把一切都了結後才下來找妳的，『和』的事件已經在剛剛全部結束了。」

我有些訝異地看著眼前的季武。

才幾個月沒看到他，但他的氣質已完全像是另外一個人。

他穿著宛如實驗衣的白袍，頭上戴著一頂水晶王冠，手腕上不知為何繫著一條季雨冬用來綁頭髮的藍色髮帶。

籠罩在他身邊的氛圍柔和又厚實，給人一種非常穩定的感覺。

「葉柔。」

季武走到我的身邊，向我笑道：

「妳的選擇令人敬佩，但這不是真正的妳吧？」

「……什麼意思？」

「應該說，這不是『完整的妳』吧？」

「…………」

「妳總是走在最前方，不輕易展現自己脆弱的一面，妳彷彿是個堅強的聚合物，但那是院長的個性，而不是妳的。」

他稍稍瞇起眼問道：

「為何妳不展現妳的弱小？為何妳不依賴他人？」

「因為……『族長』不需要那樣的東西。」

「就算『族長』不需要——」

季武輕笑問道：

「那『葉柔』呢？」

「——！」

季武突如其來的話，就像一把劍刺入心中，讓我瞬間啞口無言。

「極弱和極強——妳同時具有這相反的兩面。」

季武蹲了下來，讓他的視線和我平行。

這瞬間，我有種被他看穿的感覺。

「但是，這世間需要的是強者，從不需要弱者。大家需要的是『族長』而非『葉柔』。所以，妳只好總是展現堅強的那面，是這樣嗎？」

「不……不是這樣的……」

我搖頭否認，同時向後稍稍後退。

「人不可能只有堅強，若真的如此，那就表示他對誰都沒敞開心胸。」

「…………」

「若妳真的把族人當作家人，妳就不該這麼壓抑，也不該如此忍耐。」

「可是、可是……」

「葉柔，沒關係的。」

——啪。

季武將身上的白袍脫下來，披在我身上。

這一刻，他的溫暖包裹了我的全身。

「什麼沒關係……？」

「即使妳展現真正的自己，也不會有任何人失望的。」

「……」

「我知道的，除了堅強外，妳的心中其實有很多很多軟弱。」

「…………」

「妳堅強得夠久了，現在——」

「該是妳撒嬌的時候了。」

我先是愣了一下。

接著淚水就像是不受控制一般從眼中流出。

「即使我說出心中的話……也不會有人責備我失職嗎……」

「當然啊。」

看著季武堅定地點頭，我終於明白——

不知從什麼時候開始，他就已完全理解了我。

「其實、其實啊……」

過度的哽咽，讓我幾乎要說不出話來。

「我一直、一直都很害怕……」

我比誰都還弱小，但多虧了身上的病能，我才同時擁有強大的一面。

我同時兼具這相反的特質，要是失去其中任何一項，我就不再是我了。

但是，大家彷彿只需要我光鮮亮麗的那面。

「我非常害怕……真正的葉柔，或許一輩子都不會有人需要。」

我無法像母親那般只有堅強，也無法像姊姊那樣只有怯懦。

不上不下的我，不能徹底屏除人性，以理性統治大家；也難以全然放縱自己，以感情博取夥伴同情。

「所以，我將『葉柔』那面藏了起來，假裝自己只有『族長』的那一面……」

我緊緊拉著身上那過大的白袍，讓它更加貼近我嬌小的身軀。

「大家看到『族長』都很開心，所以我一直忍耐，也認為只要這樣就好了，可是、可是或許——」

我以連我自己都不敢相信的軟弱聲音哭道——

「或許……我一直希望有人能看到葉柔……」

就在我這麼說時，突然一陣天鳴地動，我差點要誤以為是自己軟弱所產生的懲罰。

我抬頭一看，只見遠方揚起了漫天的塵土，比剛剛多上十倍的敵人正朝這邊湧了過來。

「季武哥哥！你快逃！」

我一邊這樣說，一邊掙扎著要走到季武前方。

「趁現在還來得及，快帶著族人離開——」

「葉柔。」

季武伸手將我攔了下來。

「看來，最看不清的人是妳自己呢。」

臉上帶著微笑的季武向我身後指了指。

我回頭一看——

黑壓壓的一片人群突然從我身後出現，帶頭的正是剛剛的傳令兵。

「族長！」

「族長，我們過來了！」

「就算拚上這條命，我們也會保護妳的！」

滿目瘡痍、身心交瘁的數萬族人，就這樣朝我這邊緩緩走了過來。

他們的身體狀況都很差，多數都得拄著拐杖或是靠著別人攙扶才能前進。

但是，他們還是堅定地朝我這邊走了過來。

「族長！妳一個小女孩，就別耍帥了！」

以這句話為開端，所有人都激動地怒罵我。

「要活一起活、要死一起死！」

「靠一個小姑娘保護，我還算是個男人嗎？」

「給我滾去後面休息個三天三夜！」

「嗚……真是奇怪……」

明明他們的語氣如此粗暴，但聽著他們的話，我眼前的視線再度模糊了起來。

「葉柔，這下子妳懂了吧？」

季武輕撫著我的頭說道：

「族人追隨妳，並不只是因為妳的強大，他們同樣喜愛妳身為葉柔的弱小。」

「嗯、嗯……」

泣不成聲的我，只能拚命點頭。

「妳用『族長』的模樣進行戰鬥，並用『葉柔』的身姿領導大家——妳真實且完整的樣貌，大家一直都看在眼中。」

季武拉動白袍，將我臉上的淚水抹去。

「而且不只如此——」

「妳為妳母親和姊姊所做的一切，她們也都明白。」

「…………咦？」

聽到季武的話，吃驚的我一瞬間忘了哭泣。

「你怎麼……知道……」

掩藏在心底深處的想法，就這樣輕易地被季武挖了出來。

我一直都沒跟任何人說。

我之所以無法捨棄任何一邊——

是因為這兩個特質，恰巧是母親和姊姊給予我的。

我的堅強來自母親，而我的溫柔則來自葉藏。

因為有了她們，才有了「身為族長的葉柔」。

「所以……我才不能扭曲自己……」

我不想拋棄她們任何一個人。

「妳想用妳的姿態證明，妳若是能拯救誰，那也是因為母親和姊姊的教誨，是嗎？」

「嗯……」

「什麼嘛。」

季武哈哈笑道：

「真正的葉柔，不就是個最喜愛家人的小女孩而已嗎？」

聽到季武這麼調侃，我的臉不禁紅了起來。

「別誤會了，葉柔。我並不是在嘲笑妳，相反的，我很敬佩妳。」

季武再度拍了拍我的頭說道：

「直率地朝著自己的路走，就讓這麼多人跟在了妳的後方，這是連我都做不到的事。」

「可是，我做得依舊不夠好。」

就因為我是無法選擇任何一邊的半吊子，所以我才讓族人這麼受苦──

「錯了，葉柔。」

季武斷然地否定了我。

「妳並不是無法選擇任何一邊──」

「妳是兩邊都選擇──一個了不起的領導人。」

這句話就像股強大的力量，強自地將禁錮在我身上多年的不安扯裂開來！
即使病能開到了最大，我的視野仍舊一片模糊。
眼淚不受控制地流著，就像是壞掉的水龍頭。
「妳做得怎麼會不夠好呢？我現在不就站在妳的身旁嗎？」
他轉身面對眼前的無數敵人，露出了無畏的笑容。
「身為四季王的我，因為認同妳而站在妳的身邊，這就足以證明妳是對的。」
擋在我身前的背影，看起來寬大無比，但又不讓人畏懼。
「在我身後好好休息吧。」
或許，這就是我想成為的最終模樣。
「我會將這一切都解決掉的。」

就如季武所言，他一個人把所有敵人解決了。
而且，他一人未殺，將他們全都帶上了「和」。
當我問他為何要這麼做時，他這麼回答我——
「我理解了自己的同伴，那麼接著，不就是要證明我連敵人也能理解嗎？」
我不知道他的心境得到了怎樣的轉變。
但是，身邊沒有季雨冬的他，似乎整個人都不同了。
接下來的時光，他和院長一同成了「四季」的王，他們兩人聯手，很快地就終結了第三次世界大戰。

戰爭結束後，他們兩人共同決定的第一項政策，就是將世界分成明確的兩邊——病能者居住的「晴之國」，以及普通人居住的「雨之國」。

第三次世界大戰，本就是因為這兩者的對立而生，在這樣分流後，雖然還有很多問題需要解決，但世界確實逐漸往和平的方向邁進。

「和」這座天空之島也和世界一樣分成兩個區塊，分別由季武和後續更名為裏科塔的院長統治。

季武也因此變得非常忙碌，他不只要管理病能者，還必須開啟五感共鳴觀測底下的世界。

若是有戰亂即將發生，就派遣我和葉藏去處理；若是牽涉到普通人的紛爭，他就會拜託裏科塔出面。

不管是強者、弱者、普通人和病能者，他將他們全都接納了下來，就像接受了全部的我一樣。

幾個月就這樣過去了。

某天，季武疲累地睡在王座上，發現此事的我，悄悄地走到他身邊，為其蓋上了被子。

「嗯……？」

可能是動作太大，我不小心驚動了他。

「葉柔……？」

他先是睜著迷濛的雙眼，接著趕緊打起精神，裝作沒事的樣子說道：

「這麼晚了，找我有事嗎？」

他總是這樣。

總是在人前露出笑容。

看著他的微笑，我的拳頭不由得緊握了起來。

「季武哥哥，這幾天你幾乎都沒睡吧？要是繼續這樣下去，身體會受不了的。」

「我沒關係的。」

「若是真的沒關係，你就不會等我走到那麼近時才察覺。」

「……只是有點累了，別擔心。」

「真的是如此嗎？」

「…………」

知道不管說什麼都瞞不過我，季武索性沉默了下來。

一直以來，他的身邊都站著季雨冬。

自從成為「四季」的王後，他拯救了無數人；但諷刺的是，他那過於驚人的能力，使得一個能站在他身邊的人都沒有。

僅有季武的王座，感覺既寂寥又空蕩。

此時——

一股熱流突然從我心中竄出來，瀰漫胸口的暖意，讓我不自覺地採取了行動。

「季武哥哥。」

「——咦？」

我將手輕輕按到他的手上，驚訝的季武發出了奇怪的聲音。

一直以來，身為族長的我都立於人前。

我做得很完美，所以，從沒人發現我的心中其實藏著小小的葉柔。

是這個人將我拉出來，告訴我即使不用這麼偉大也沒關係。

他肯定了我，也肯定了我想為母親和姊姊所做的事。

他是我的恩人。

所以，即使遠遠及不上這個人，我也該竭力回報他這份恩情。

「季武哥哥，我的雙眼不能視物，所以，很多事我做不到。」

感受著他手的溫暖，我緩緩說道——

「我無法為你做飯。

「我無法為你修補衣服。

「我無法為你打掃房間。

「雨冬姊姊能做的事，我或許一件都做不到。」

我用雙手包裹住季武的手，柔聲說道：

「但若是這樣的葉柔你不嫌棄——

「請讓我待在你的身邊吧。」

Chapter 1 四季之景

跑，我拚命地向前奔跑。

彷彿刀子一般銳利的風聲在耳邊呼嘯，眼前的情景也不斷高速向後方流逝。

「四季王！你又跑出來啦？這是第幾次了？」

賣肉的大叔，對著狂奔的我如此叫道。

「吵死了！不要故意大聲叫我！會害我暴露行蹤的！」

我一邊逃跑一邊回頭大吼，一點兒王的風度都沒有。

「人類的事就找裏科塔決定，而病能者的事則由我仲裁吧！為了理解所有人——『四季』的王，有兩個！」

在發出這宣言後，很快地就過了一年半。

我和裏科塔——也就是過去的院長，同時成了「四季王」。

我們戴上了一模一樣的水晶王冠，將「和」之島上的「四季」之國分為人類和病能者兩邊，並要求下頭的世界效法。

現在的「四季」，某種程度上成了世界的縮影。

我是病能者的王，而裏科塔則是普通人的王。

一開始時，我確實以王的身分君臨大家，但那只是一開始而已。

很快地，一切就崩毀了——

「四季王！這次不錯喔！撐了一個星期！」

賣菜的大姊姊雙手捲成筒狀放在嘴邊，對我如此大喊。

「謝謝！我也覺得我這次很厲害，竟然一個禮拜才從王宮裡逃出來！」

「要不要來我家躲一下？四季王。」

「咦？可以嗎？」

我猛然停住腳步。

雖然一國之王躲在一般人家是件很丟臉的事，但現在已不是顧忌面子的時候了。

只要能讓我從「那個人」手中逃離，不管是什麼事我都願意做。

「畢竟四季王是我的恩人啊，藏在我家當然沒有問題。」

「恩人？我們是第一次見面吧？」

「是啊，但你對我恩重如山。」

「嗯……？」

是我在無意中做了什麼嗎？比方說在終結戰爭時順道拯救了她之類的？

「四季王的恩情——」

左手背上有著蝴蝶記號的大姊姊，露出燦爛的笑容說道：

「是讓我賺了不少錢。」

「啊？」

出乎意料的答案，讓我愣在當場。

就在此時，一隻機械蝴蝶飛到我頭上方，大聲宣告：

「賭盤開獎：本次『四季王究竟多久會從王宮中哭著跑出來』，其結果是『一星期』，再重複一次——」

「就是如此，謝謝四季王讓我中獎！」

「你們竟然拿我開賭盤！」

還有，我才沒哭呢！

我逃出王宮時眼睛之所以溼溼的，是因為汗水跑到眼睛中！

「下一個賭盤開始：『究竟四季王能逃多久？』，賭盤選項如下：『一分鐘』、『兩分鐘』、『三分鐘』，請有興趣的國民迅速下注——」

「你們可不可以不要再賭了！」

我對著天空的機械蝴蝶怒吼！

還有，你們到底是對我多沒自信！要是我認真起來，逃個幾個小時也不是問題好嗎？

「因為我想賭『三分鐘』，所以四季王快到我家吧。」

大姊姊朝我招手，並打開身後的門。

「我會努力讓你撐久點不被發現的。」

「妳的動機讓我很想拒絕！」

「要不是看在錢的分上，我也不想讓你進我家啊，但為了貼補家用，我也只好像這樣求你了。看在我這麼如此低姿態的分上，你就趕緊滾進來吧？」

「我還是第一次看到這麼高傲的低姿態！」

「別擔心，我老公去上班了，現在不在家。」

「我不是在擔心這個……」

「安心吧，我會瞞著老公的，他不會知道你曾經來過，也不會知道我因為你的進入而得到一大筆錢。」

「妳這說法是不是怪怪的！」

搞得好像我趁妳老公不在時做了什麼一樣！

「剛才是說笑的啦。」

大姊姊露出和善的微笑說道：

「這些日子，我和老公過得很幸福，一年半前，我們連有沒有明天都不知道。」

「嗯……」

聽到她這麼說，我不由得沉默了下來。

一開始我為世界和平努力，是為了總有一天可以再見到季晴夏和季雨冬，並不是全然為這些人而盡力。

但是──

看著大姊姊的笑顏，我也不禁露出了微笑。

不管動機為何，我還是救了不少人，製造了不少好結果。

「我很感謝四季王讓我和老公有了這麼棒的生活，就算沒有這個賭盤，我們也早就想招待你來我家坐坐，報答你這些日子的努力──」

大姊姊的話說到一半就被打斷了。

所有飛舞在空中的機械蝴蝶同時發出了「那個人」的聲音，我的冷汗就像噴泉一樣從身體深處噴了出來。

「**春之曇、夏之晴、秋之人、冬之雨──此為『四季』。**」

這是「四季」有重要事項要向國人宣布時的開頭，當聽到這句話時，所有人都需仔細聆聽。

「**大家好，我是四季王的輔佐──葉柔。**」

雖然音量大到足以讓全國人聽到，但因為葉柔的聲音很悅耳的關係，所以一點兒都不覺得刺耳。

「四季王在下午四點時不知為何跑出王宮了，他年約二十、身高約一百八十、頭戴水晶王冠、穿著黑色漢服和白色大褂，如有人發現他，麻煩向我通報——」

這是失蹤老人的協尋通知嗎？不對，現在不是在意這個的時候。

不管用什麼手段，我都要逃離葉柔！

「大姊姊！」

我按住她的雙肩，認真說道：

「快讓我進妳家！」

「我、我知道了。」

大姊姊輕咬下嘴脣，擺出屈辱的表情說道：

「畢竟你是王，就算再不願意，我也只好從了你……」

「妳根本是故意的吧！」

從剛剛開始，就一直用這種會讓人誤會的說法！

「呵呵……不逗你了。」

愛捉弄人的大姊姊摀著嘴巴笑道：

「安心進來吧，我保證只要有我在，就誰都動不了你——」

「尋獲四季王並帶回王宮的人，將獲得謝禮——賞金五十萬！」

「束手就擒吧，四季王啊啊啊啊啊啊！」

大姊姊手拿繩子朝我撲了過來！

「等一下，妳的態度也轉變得太快了吧！」

「跟窘困的家計比起來，四季王的恩情算個屁！」

「妳的真心話原來是這樣！虧我前面還因為妳的話感動了一下！」

「人為財死——所以你就為了我去死啊啊啊啊！」

「這句成語才不是這個意思！」

某方面我還真是佩服妳可以活得如此直率！

等一下！這動作是怎麼回事！快到讓我連看都看不清！這、這就是為生計煩惱的主婦之力嗎？

就在我和大姊姊十指相扣、互相角力搏鬥時——

「找到了！」

一群「四季」的人指著我，朝我衝了過來！

「別跑！五十萬！」

「我們家一年的生活費就在那邊，上啊！」

「長得像人的五十萬，帶種就給我站著別動！」

別說王了，你們現在已經完全不把我當人看了是嗎？

「很好！你們這群見錢眼開的傢伙給我放馬過來！」

我對著自己的子民擺出了架勢。

「就讓你們見識見識，冒犯王的混蛋會有什麼下場！」

「四季王。」

跪坐在我面前的葉柔，以泫然欲泣的表情看著我說道：

「一切都是我的不好。」

「……………」

最後，寡不敵眾的我被抓回了王宮，時間正好三分鐘。

一進王宮，我就看到葉柔跪在我的面前。

她低垂脖子，細聲說道：

「一定是葉柔做得不夠好，所以你才想跑出王宮。」

「……………」

看著傷心的葉柔，罪惡感壓得我幾乎要喘不過氣來。

「而且，不只不假外出，甚至還和自己統治的人民打起群架，身為輔佐的我沒有預防此事發生，真的是太沒用了。」

「那個……葉柔……」

我試圖緩和氣氛說道：

「會犯下這種錯，純粹是我一時腦袋發熱，跟妳沒有關係——」

「不對。」

葉柔輕搖了搖頭說道：

「四季王那麼優秀且厲害，是不可能犯錯的。」

「……妳把我想得太偉大了。」

「不。」

葉柔斬釘截鐵地說道：

「你就是那麼偉大。」

「……………」

自從我點破她心事的那天起，葉柔似乎就對我有著過高的評價。

「四季王之所以會做出不應該發生的行為……我想一定是想藉此責備我的不足。」

幾滴淚水從葉柔眼中浮現，她緩緩朝我拜了下來。

「一直無法達成你的期望，請王恕罪。」

「拜託妳快起身！」

手足無措的我趕緊將她扶起來。

——若是這樣的葉柔你不嫌棄，請讓我待在你的身邊吧。

一年前，葉柔向我提了這個要求，那時的我沒想清楚那代表著什麼意思，就答應了她。

從那天起，葉柔卸下了族長的光輝燦爛，「徹底」成了四季王的輔佐。

是的，除了「徹底」外，我找不到其他形容詞來形容她的作為。

每天早上我睜開眼，我就會看到穿著正裝的葉柔站在我身邊，向我報告一天的行程。

接著直到我晚上就寢為止，葉柔都默默站在我身邊，彷彿化作了我的影子。

至今為止，我沒有一次想找葉柔時，她超過兩秒沒現身。

我曾好奇她吃飯和上廁所時怎麼辦，但她似乎都趁我沒意識到時解決。

不只在領導他人方面出類拔萃，就連輔助他人，葉柔也一樣做得完美。

一開始我還為此開心，因為葉柔的工作能力真的非常優異。本來讓我幾乎要承擔不了的國務，在她的妥善管理和排程後，壓力減少了足足一半以上。

但隨著時間過去，我發現我有一個失算的地方。

那就是葉柔遠比我想像的還優秀許多。

不管是怎樣的政務，她都能輕而易舉地解決，甚至做出比我更好的結果。

只要是她經手過的事務，就會毫無缺陷地讓我完全插不上任何意見。

身為王的我逐漸失去功能，每天所能做的事只剩下在葉柔遞上的文件上核章。

若只是被架空，那也就罷了，我還不至於逃出王宮。

真正壓迫我的是——

「謝謝四季王不追究我的過失。」

被我扶起的葉柔對我露出如花的笑靨。

「你的心胸真是寬大，能輔佐你真是葉柔的榮幸。」

無法聚焦的雙眼，好似透出了感動的光芒。

看到她那模樣，不管是誰都能輕易理解，在她心中的季武有多麼完美無缺。

「啊啊……」

尷尬的我只好裝作諒解地點了點頭。

真正讓我感受到壓力的——是葉柔的崇拜和尊敬。

在我眼中，明明她比我還了不起，但她似乎覺得我比她偉大百倍。

這種奇怪的認知落差讓我不斷地累積壓力。

比方說，在我批閱文件時——

「四季王蓋章的手勢真是優美。」

在我向屬下重複葉柔的指示時——

「四季王的記憶力真是好。」

當我在「四季」中的街道行走時——

「嗚嗚嘟嘟啦啦啦嘟嘟嘟嘟嘟～～～～～～～～～」

她走在我身後，用竹子做成的橫笛不斷演奏。

多虧她，現在只要我出現在公開場合，就會自動伴隨背景音樂。

做到這種程度，我都要以為她是在惡整我了，但可怕的是，她所展現的崇敬都是認真的。

「作夢都沒想過，『被憧憬』也可以壓垮一個人……」

我不禁如此嘟囔。

「嗯？四季王你說什麼？」

葉柔一臉天真地問道。

「沒事……」

就是這毫無自覺的好意讓我感到不知所措，甚至有時想逃出王宮。

我不知道葉柔心中的我究竟有多完美，但我想她的想像肯定是錯誤的。

因為若是問我至今為止最讓我感到佩服的領導人是誰——

那毫無疑問的是我面前的葉柔。

「四季王，接著的行程是去隔壁的『四季之雨』。」

坐在移動的豪華禮車上，葉柔開始向我進行彙報。

「下午四點，我們預計和裏科塔召開一個重要無比的會議。」

以正中央為界，「和」這個空中之島劃分成兩半。

東邊一半供病能者生活——其名為「四季之晴」，由我統治。

西邊一半供普通人生活——其名為「四季之雨」，由裏科塔治理。

至於底下的世界也是如此，被分為「晴之國」和「雨之國」兩個區塊。

不用說，這樣的命名跟我最重要的兩個人有關。

象徵普通人的季雨冬和象徵病能者的季晴夏。

這一年半來，我一直在尋找她們的蹤跡，但不管在哪裡都找不到。

為了終有一天能與她們相遇，我不斷留意這個世界的情勢。

雖然世界分成兩邊，但還是有部分投機分子想要越界到別的國度去，但我和裏科塔用了某種「措施」，讓這種事絕對不會發生。

「話說回來，葉藏還沒回來嗎？」

「是的，姊姊說可能還需要一些時間。」

「真是辛苦她了……」

將普通人和病能者分開後，世界穩定了下來，但還是需要多加留意。

於是我拜託葉藏率領一群精銳，在混亂的火種要燒起來前就將其鏟除。現在世界之所以看起來如此和平，可以說都是因為她的功勞，但也因為這樣，我們已有一年多沒見面了。

車子緩緩向前開，來到了熱鬧的商店街。

我開啟兩感共鳴，觀測車外的情景。

經過一年半的修整，不管是「和」還是下面的世界都逐漸恢復生氣，讓人不禁感嘆人類果然是種強韌的生物。

「媽媽，那輛車好大喔！」

此時，我感測到了一個小男孩，他興奮地指著我搭乘的車問道：

「車上是坐著什麼厲害的人嗎？」

「答對了，裡頭坐著『四季』中最了不起的人喔。」

媽媽溫柔地向小男孩解釋道：

「我們之所以可以這樣安心生活，都是多虧了裡頭那位偉大的統治者。」

聽到此言，我的臉上不由得漾起微笑。

這些日子雖然辛苦，但人民若是如此評價我，那就一切都值得了。

「孩子，你要記住——」

「那個偉大的統治者，名叫『葉柔』。」

「……」

我臉上的笑容就像結凍般僵住了。

「雖然每次四季王都給她添麻煩，但葉柔輔佐總是能順利收拾殘局。」

「喔喔！葉柔輔佐好強～～」

「而且不只如此喔，傳說四季王被女人甩了之後一蹶不振，葉柔輔佐為了讓他恢復精神，於是無時無刻地陪伴在他身旁。」

「那怎麼不將葉柔輔佐立為皇后呢？」

「兒子，你別鬧了。」

就像是聽了什麼笑話，媽媽搖了搖手笑道：

「四季王怎麼配得上葉柔輔佐呢？」

「…………」

為了不讓自己因為打擊而失去意識，我關掉感官共鳴。

「怎麼了？四季王。」

敏感的葉柔察覺到了不對，於是出聲詢問。

「我在認真考慮將王位交出去的事……」

「即使是開玩笑，四季王也不可以說這話。」

葉柔鼓起臉頰，不開心地說道：

「沒有任何一個王可以取代你。」

「…………」

不，我覺得妳的人氣已經遠遠凌駕我了啊。

輕嘆一口氣後，我繞回原本的話題。

「不過，裏科塔為何突然要找我們開會呢？」

「聽說她那邊遇到了一些神祕的『問題』。」

「『問題』？」

「是的，裏科塔說——」

「『她遇到了她無法解決的問題』。」

聽到葉柔這麼說，我一瞬間繃緊了神經。

現在的裏科塔身體內存在著兩個人格，一個是「科塔」、一個是「院長」。

當她治理「四季之雨」時，她是以「院長」的思想運作；也就是說，她仍存在著

「僅存實話」的設定。

「連那個裏科塔都無法應付的問題……看起來應該是非同小可。」

本來是敵人的裏科塔在認輸後，成了最為可靠的友軍。

在她的治理下，「四季之雨」欣欣向榮，相比「四季之晴」有時會出現的混亂，「四季之雨」相對有秩序得多。

「要是連四季王都解決不了，這個世界也就沒有人能解決了吧。」

「若真的是那麼可怕的問題，我們去能解決得了嗎？」

「……」

葉柔過於理所當然地給予我高度肯定，讓我一瞬間啞口無言。

「總之……裏科塔有詳細說明她遇到了什麼問題嗎？」

「她並沒有說得很清楚，因為狀況似乎有些複雜，但她還是有稍微提了一點兒……」

「她說了什麼？」

「『四季之雨』中，居住著幾百萬的普通人，但是最近──」

葉柔皺著細細的眉毛，有些不解地說道：

「似乎發現了病能者。」

「這不可能！」

我馬上斷言。

「這是不可能的事！」

我之所以那麼篤定是有原因的。

我和裏科塔為了分開病能者和普通人，設置了一個名為「恐懼結界」的事物。

只要它存在，這兩個種族就必須分開生活。

「我也認為這是不可能的事。」

葉柔困惑地說道：

「為了保險起見，我還特地檢查『恐懼結界』有沒有發生問題，是不是沒在運作。」

「結果呢？」

「一點兒問題都沒有。」

葉柔小小的手放在膝上，堅定地說道：

「所以，就結論而言──」

「『四季之雨』中，不可能存在病能者。」

若葉柔所說的屬實，那裏科塔遭遇的不可解問題究竟是什麼呢？

「小武，因為戰爭的關係，人殺人的數量，早就遠多於『蛇』、『火』、『高度』這些事物，而且，人類的歷史有多長，人殺人的歷史就有多長。」

閉上眼的我，想起了晴姊所說的話，而這也是至今為止所有事的源頭。

「人對人的恐懼，早就刻到了人類的本能中。若是哪一天這個恐懼甦醒，人類下意識地對『人類』感到畏懼，想要將人類這個物種抹殺掉——人類就會因此而毀滅吧。」

人類腦中都埋著「恐懼炸彈」，要是引爆了，就會成為「恐懼人類」，開始自殺和互相殘殺。

為了拯救人類，季晴夏實施了「病能者計畫」。

她製造了病能者這個與人類相似卻不同的存在，試圖讓「恐懼轉移」，而她也確實成功了。

人類畏懼病能者，而病能者也害怕著人類。

分成了兩個種族，我們藉著恐懼彼此得到了生存空間。

但這樣的做法也付出了巨大的代價，隨著「病能時代」的展開，無數的病能者和病能武器被開發出來，第三次世界大戰也因此引爆。

「為了得到和平，過去的院長採取的做法是『犧牲病能者』。」

犧牲少數人，換取多數人的幸福。

建立普通人的樂園，將病能者當作柴火一般壓榨。

「但是，仔細想想，這麼做是不行的。」

若是這樣的做法持續下去，那麼終有一天，人類就不會再懼怕病能者，因為在他們心中，病能者不過是種「人形能源」。

一旦走到那步，人類腦中的「恐懼炸彈」一樣會爆發。

「也就是說，為了存活下去，『病能者』和『普通人』缺一不可，對吧？」

我面前的葉柔很快地就理解了我在說什麼。

「沒錯，就跟魚和水的關係一樣，兩者為了生存下去，必須以平等的地位共存。」

病能者必須恐懼人類，而人類也必須恐懼病能者，要是少了其中一方，那就誰都活不下去。

必須藉由相互懼怕而相互依存。

「可是，要是病能者和普通人混雜在一起，世界的混亂永遠不會停歇。為了讓局勢安定下來，我和裏科塔在思考後，決定建造『恐懼結界』，將兩者完全隔離。」

我指著前方，向葉柔說道：

「我們快要抵達『四季之晴』和『四季之雨』的分界線了，先調整一下『恐懼結界』的設定。」

「收到，那麼失禮了——嗚啊！」

葉柔站起身來，卻因為目盲而失去平衡跌倒，我一把抱住了她。

手臂上幾乎感受不到重量。

……她的身子還是一樣瘦弱。

明明過了一年半，卻一點兒成長都沒有。

是不是讓她太過勞累了呢？

「抱、抱歉，四季王。」

因為害臊，我懷中的葉柔臉紅了起來。

「別在意。」

「那麼，『恐懼結界』調整開始——」

葉柔離開我的懷抱，站在我的面前，手抵著我頭上的水晶王冠，在DNA辨識成功後，水晶王冠發出了光芒。

「例外設定，『四季之雨』允許兩名病能者進入，季武、葉柔——」

一陣光芒從王冠中散落，逐漸覆蓋住我和葉柔。

過了約莫一分鐘後——

「調整完成。」

隨著葉柔的宣言，我們的車緩緩開入了裏科塔的國家——「四季之雨」。

「看來，『恐懼結界』並沒有出現任何故障，依然有好好的運作。」

既然「恐懼炸彈」無法拆除，人類和病能者又必須互相敵視，我和裏科塔決定好好利用這兩項既定事實。

從過去的事我們知道，可以把人類的大腦串聯起來，化作性能優秀無比的電腦。

於是，我將所有人腦中的「恐懼炸彈」連結在一起，將這股「恐懼」鋪滿了整個世界。

——這就是「恐懼結界」。

當結界完成的那刻，所有人腳下都有著恐懼。

但這樣還沒結束，為了將病能者和普通人分開，我和裏科塔進行更為細微的設定。我們在世界中央畫了一條線，將世界分為兩邊。

以此為界，東邊是病能者的國度，要是未經許可的普通人踏入，「恐懼結界」就會生效，腦中的「恐懼炸彈」將短暫地引爆，讓你瞬間失去意識。

當然，反過來也是如此。

沒有任何病能者可以跨過中間的線，站在普通人的國家中。

在「恐懼結界」的支配下，病能者和普通人徹底分開了。

「要是不設定例外，那連我這種等級的病能者走進『四季之雨』都會很不好受。」

我摸著頭上的水晶王冠說道：

「當然，兩個種族也不是完全隔離的。只要經過申請，就可以透過我和裏科塔的王冠設定例外，在他國短暫居留；但這會留下出入國境的紀錄，也會派人進行監視。」

「經過我的調查，這幾天應該是沒有病能者進入『四季之雨』才對。」

為了再次確認，葉柔伸出修長的手指。

一隻機械蝴蝶停在她的指尖上，葉柔的雙眼開始出現無數黑白的電子紋路。

這是無法視物的她讀取資訊的方式，藉由機械蝴蝶觀看外面的世界和電腦中的資料。

「四季之晴」中的所有蝴蝶，都是葉柔眼目和手腳的延伸，這是我給予她這個輔佐的權力。

等到讀取完畢後，葉柔說道：

「已經足足有一個月，沒有任何病能者進入『四季之雨』中了。」

「嗯……那裏科塔說發現病能者，究竟是怎麼回事呢？」

「會不會是非法入境？」

「就算真的偷偷闖了進來，病能者在『四季之雨』內也只能待上一、兩秒，只要是人類，腦中就有『恐懼炸彈』。」

我指著自己的腦袋說道：

「若是待在不屬於他的地方，他腦內的『恐懼炸彈』會引爆，讓他因為恐懼而失去意識。」

「會不會是用什麼方法改變了『恐懼結界』的設定？」

「這也不可能，『恐懼結界』只能透過水晶王冠調整，但目前有使用權的人只有『我、葉柔、裏科塔和已經死掉的季曇春』。」

延續季曇春那時的設定，王冠會辨識使用者的ＤＮＡ，只要不是上述四人，不管用什麼方法都無法使用水晶王冠。

「也就是說——」

「裏科塔遇到的問題，只能用不合理來形容。」

我點頭肯定葉柔腦中的結論。

「只要『恐懼結界』的設定沒有被更動，四季之雨中就不可能出現病能者。」

聽到我這麼說，葉柔陷入了沉思。

是不是有什麼我們遺漏的地方呢？

一時之間，車內鴉雀無聲。

為了激發思索上的靈感，我看向窗外。

整齊又漂亮的街道，反應了治理者的用心。

「真不愧是裏科塔……」

要是端看生活水平，這個國家應該在「四季之晴」之上。

用心規劃的都市建築、維持街道和環境的機械蝴蝶、向我比「ya」的雲悠然——

「…………」

我揉了揉眼睛，確定自己沒看錯。

只見戴著項圈、穿著黑色連身外套的雲悠然，就這樣站在車窗前，右手比出Y字型橫在眼睛旁。

我和葉柔的車子不斷往前開，而她不知為何與我們的車子維持等速前進，讓我可以透過車窗看到她的臉。

「呼、呼——」

她的呼吸因為極速奔跑而混亂，額頭上也淌下了汗。

「看來，一般的狀態是贏不了這輛車的啊。」

即使模樣越來越狼狽，她依然像個偶像般維持住甜美的笑容。

「為了跟上這樣的節奏，我也只好『變身』了。」

雲悠然深吸一口氣——

「戴上帽子！」

她戴上了連身外套後方的帽兜。

「伸出手手！」

挽了挽長長的袖子，雲悠然將一直藏在袖子中的手露了出來。

「變身完成，雲悠然（強）——颯爽登場。」

——砰！

雲悠然（強）被對向開來的車子撞飛，一瞬間消失無蹤。

「…………」

厚重的疲憊感纏上我的身體，讓我不禁頭痛了起來。

「咦……剛剛那個彷彿碾到青蛙的噁心巨響是什麼？」

從沉思中驚醒的葉柔慌張地四處察看。

「沒事，就只是撞到了一個不重要的玩意。」

她該不會只是為了跟我打招呼吧——不對，去思考雲悠然到底想做什麼根本就是浪費時間。

嗯，別在意，她肯定是一時興起。

「葉柔，忘了剛剛的事吧。」

「可是……」

「我們接著可是有更重要的事要辦呢。」

重新整理思緒後的我，指著前方說道：

「『四季之雨』的王宮到了喔。」

全部由白色大理石建造的巨大城堡，矗立在我和葉柔面前。

「歡迎四季之王的蒞臨！」

女僕跟男執事各排成一排，在車道旁迎接我和葉柔的車子。

當車子抵達宮門的那瞬間，足足有三層樓高的巨大木門緩緩拉開，悠揚的音樂也隨之響起。

每次我過來這邊時，裏科塔都擺出這樣盛大的歡迎陣仗。

但一想到那個曾統治一半世界、差點把我和所有病能者逼入絕境的可怕存在，就坐在裡頭的王位上──

我就不由得挺直身軀，集中起精神。

我和葉柔抵達了「四季之雨」的謁見殿，但一看到裡頭的情景，我就像是被雷打到一般呆立在原地。

「……………」

「(萬歲)」

一個面無表情、穿著白色連衣裙的小女孩雙手高舉，站在王位前。

「……………………」

「(萬歲~~~~~~~~~~~~~~~~~~~~~~~~~~~~~~~~~~~~~~)」

可能是看我沒反應吧？她維持雙手高舉的姿態，不斷跳上跳下，用盡全身表達她的喜悅之意。

該、該不會——

我緊緊握著拳頭，努力按捺心中的激動。

裏科塔有兩個人格，一個是院長，一個是科塔，一次只會有一人顯現在外。

雖然她們可以在心中互相對話，但她們兩人的記憶並不會互通。

現在裏科塔的行動，毫無疑問地是科塔的人格。

我走向前，有些緊張地出言確認。

「科塔……是科塔嗎？」

「（點頭）」

看著她輕輕點頭的可愛模樣，我剛剛壓抑的情感一口氣爆發出來。

「科塔啊啊啊啊啊！」

我衝過去，緊緊抱住了眼前的小女孩。

「（磨蹭磨蹭磨蹭磨蹭磨蹭磨蹭磨蹭磨蹭〜〜〜〜〜）」

我懷中的科塔用柔軟的臉頰不斷地磨蹭我的身體。

天啊！好可愛！這既柔軟又溫暖的生物是什麼！

「嗚喔喔喔喔喔喔喔！我好想妳啊啊啊啊啊啊啊啊——！」

我將頭埋入她長長的白髮中，不斷吸取從中漫出的香氣。

「妳還好嗎？有沒有因為過勞而變瘦？」

我上下打量她，不放過她身上任何一寸肌膚。

她的穿著和以前是科塔時一樣，但成為王後，她的頭上多了一頂和我相同的水晶王冠，王冠後方披戴著白色透明的蕾絲頭紗，手上則拿著院長一直隨身攜帶的和式扇子。

「這麼久沒見，想我嗎？」

「（點頭點頭點頭拚命點頭）」

「啊啊啊啊啊啊這到底是什麼啊啊啊啊啊啊啊！」

天使啊！這是天使！

能拯救世界的不是病能者，而是科塔啊啊啊啊啊！

看到我抱著科塔跪倒在地的情景，一旁的執事和女僕不斷交頭接耳。

「蘿莉控……」

「『四季之晴』的王是變態的傳聞，原來是真的啊……」

「他連輔佐都挑那麼幼小的女孩，果然是有那方面的癖好？」

雖然好像造就了什麼嚴重的誤會，但我不在意。

你們懂將近一天沒看到女兒的父親心情嗎？雖然我每晚都會跪下央求裏科塔，求她把人格轉移給科塔後和我視訊，但不能實際感受科塔的溫暖，你們知道我有多痛苦嗎？

我將科塔抱起來，像提行李一般夾在腋下。

「等一下！」

我身旁的女僕驚叫道：

「四季之晴的王，你在做什麼！」

「嗯？這還用問嗎？」

我作勢要往外走。

「當然是把科塔帶回家啊！」

「（耶～～～～～）」

雖然依舊面無表情，但浮空的科塔雙手雙腳不斷揮舞，像是很開心的模樣。

「請、請不要綁架別國的王！」

女僕慌張地拉著我的袖子，一邊拖住我往前的腳步一邊向葉柔說道：

「葉柔輔佐！你們的王失控了，麻煩處理一下。」

「好的，沒問題，交給我吧。」

葉柔一個彈指，機械蝴蝶從車裡搬出了黑色行李箱，裡頭裝著滿滿的鈔票。

「請問這樣夠了嗎？」

「我所謂的處理不是要妳付錢！」

「那請問要多少才能買下你們的王？」

「不管多少都不能買別人的王！這會產生很嚴重的外交問題！」

「用錢搞外交永遠不會有問題，之所以會出問題，都是因為沒有錢搞外交的關係。」

「真、真不愧是葉柔輔佐，真是富有哲理和說服力的話——不對！」

女僕指著抱著科塔開心轉圈的我說道：

「妳對你們王那極度接近犯罪的行為都沒有任何意見嗎？」

「沒有。」

葉柔以脊髓反射的速度回應道：

「四季王的每個行為都是正確的。」

「……什麼？」

「如果他的行為會觸法，那就表示法律不夠完善，應該要修法。」

「…………」

傻眼的女僕先是沉默了一會兒，可能是太過震驚吧？她手按著額頭吐出失禮的話：

「你們國家的人……那個……是不是都怪怪的？」

「畢竟是病能者居住的國度嘛。」

「病能者的病是認知方面而不是人格方面吧？」

「我不怪妳無法理解。凡夫俗子一時之間無法參透四季王的想法，我想也是理所當然的。」

「為什麼我非得被妳用哀憐的眼神注視不可！」

「妳誤會了，我的雙眼無法視物。」

「啊……抱歉……」

驚覺自己說錯話的女僕手摀著嘴說道：

「我不是故意要提起貴客妳的雙眼的——」

「所以打從一開始，我的眼中就沒有妳。」

「這傢伙根本是來吵架的吧！」

看著針鋒相對的女僕和葉柔，我突然冷靜了下來。

說來也真是諷刺，就是葉柔那過度的肯定，讓我意識到我現在的行為有多麼出格。

「真是的……」

就像是算好了我恢復理智的時機，我懷中的科塔突然輕嘆一口氣說道：

「因為科塔拚命懇求我，我才把身體交給她一下，怎麼才短短幾分鐘，就變成如此混亂的局面？」

「咦……」

我低頭看著懷中的「科塔」，只見本來面無表情的她露出了莫測高深的笑容。

趁著我因為訝異而鬆手的一瞬間，「裏科塔」掙脫我的懷抱，雙腳穩穩地落到地上。

「好久不見了，季武。」

她用扇子遮住臉的下半部，轉而看向葉柔說道：

「葉柔，曾是我女兒的存在，妳也好久不見了。」

「……是啊。」

葉柔深深低下頭，向裏科塔行了一個禮。

「四季之雨的王，今天看到您身體安康，葉柔為此開心不已。」

她們之間發生過太多事，早以不能以母女相稱。

但即使互相廝殺、互相傷害——甚至外在的模樣完全換成另一人，最終她們還是抵達了此處。

看著她們以微笑彼此打招呼的畫面，我不禁有些感動。

「總之……兩位能到此地，甚感榮幸。」

裏科塔轉動雪白的手腕，將扇子朝外一揮。

「在此，為兩位奉上一點兒小小的心意。」

就在裏科塔語音落下的那刻，異變發生了！

——喀！

所有王宮中的執事同時立正站好，碰撞的皮鞋跟發出了整齊響亮的一聲響。

他們同聲大喊：

「歡迎來到四季之雨！歡迎來到普通人的國度！」

——唰！

所有女僕同時低下頭，她們鞠躬的角度一模一樣、分毫不差，整齊的行禮就像是同一個人。

「四季之雨的所有人，竭誠歡迎四季之晴的兩位到來！」

裏科塔「啪」的一聲張開手上的扇子，對我笑道：

「昔為院長，現名為裏科塔——」

用扇子輕掩嘴角，她拉起裙角，向我施了一個優雅大方的禮。

「四季之雨的王，在此有禮了。」

雖只是短短的排場，但剛剛那幅訓練有素的畫面還是給了我不小的震撼。

要是不在平常就不斷累積禮儀和管理，是絕對做不到這樣的表演的。

「如果換作是我統治的『四季之晴』……」

我稍微試想了一下，若是裏科塔來到我國的王宮，我們的執事——

「呦！四季之雨的王，妳好可愛喔！要不要跟大哥哥去王宮內參觀一下啊？」

若是我們的女僕——

「妳要小心喔，別看我們四季之晴的王好像人畜無害，但一看葉柔那個走火入魔的崇拜模樣就知道不對勁，肯定是對她打了針或是下了藥。」

我用手按著雙眼，感到眼前一片黑暗。

「是不是我這個統治者做錯了什麼，四季之晴才變成這樣……」

「有什麼不好。」

坐在我面前的裏科塔笑道：

「在我看來，你們國家很有活力，每天都很熱鬧啊。」

「真不愧是曾是我母親的存在。」

站在我身後的葉柔輕輕鼓掌。

「眼光就是不同凡響。」

裏科塔看著葉柔，露出有點不敢恭維的神情。

雖然她的基本設定是「僅存實話」，但這也太誠實了點。

「總之，胡鬧就到此為止了。」

裏科塔攤開扇子說道：

「今天找你們來，是想針對『四季之雨』中出現的異狀來做討論。」

在目睹裏科塔安排的歡迎儀式後，我們從謁見殿移到了會議室。

我和裏科塔各自坐在十公尺長桌的兩端，雖然距離很遙遠，但也不知道是不是在室內的收音上動了手腳，裏科塔的聲音就像是在耳邊一樣清楚。

「聽葉柔轉述，似乎是在四季之雨中發現了『病能者』？」

「事實上，我的說詞是：我不知道那是什麼，但極有可能是病能者。」

「喔？」

既然不知道那是什麼，又為何肯定那個是病能者呢？

可能是感受到我的疑問，裏科塔進一步解釋。

「這幾個月內，我國出現不少目擊到『黑霧』的情報。」

「『黑霧』？」

「是的，而且這個『黑霧』長得非常詭異，直到不久前，我才藉由機械蝴蝶捕捉到他的身影，百聞不如一見，我想就直接給你們看看當時的影片吧。」

裏科塔用扇子輕點桌子，接著，一個大型虛擬螢幕出現在我面前。

「咦……這是什麼？」

當看到影片中的事物時，我不由得發出了錯愕的聲音。

一個「彷彿人類」的事物緩緩走在暗巷中。

之所以會這樣形容，是因為這個事物的身上纏繞著重重黑霧。

這些黑霧彷彿在他身上燃燒，完全遮掩了他的身形，讓人完全看不清他的真身究竟是什麼。

就在我想看得更清楚些時，這個「人形黑霧」緩緩抬頭，伸出了左手——

畫面在下一瞬間變得一片黑暗。

「可能是被發現了，機械蝴蝶在這刻馬上被破壞掉。」

裏科塔倒轉影片，將畫面定格在那個「人形黑霧」上，問我道：

「季武、葉柔，在你們看來，那個像是什麼？」

「……」

「季武？」

裏科塔疑惑地看著我問道：

「怎麼看著螢幕不說話？」

「抱歉……剛剛在想事情。」

在看到「人形黑霧」的那刻，不知為何我突然感到一股熟悉感。

雖然完全看不清他的樣子，但我覺得他應該是我很親近的人。

「總之……我覺得這個『人形黑霧』除了病能者，實在很難有其他可能性了。」

「我也贊同四季王的意見。」

畢竟普通人是不可能被這種黑霧所籠罩的。

「光是這一個月，『人形黑霧』的目擊情報就多達數百件。但奇怪的是，沒有一個人能真的找到他。」

「我記得四季之雨和四季之晴一樣，到處都是機械蝴蝶吧？即使是靠那個也找不到他嗎？」

「完全找不到。」

裏科塔闔起扇子，指著影片說道：

「『人形黑霧』唯一留下的，就是你剛剛看到的影像，但恰巧留下這個，甚至會讓我覺得那是故意的——故意讓我們確定他的存在。」

「嗯……」

我低頭沉思。

這個「人形黑霧」究竟是什麼？若是病能者的話，應該會被我和裏科塔設下的「恐懼結界」影響，馬上昏迷才對啊？

「若以他不是病能者為前提思考如何？」

我指著螢幕中的「人形黑霧」說道：

「他是普通人，使用了某種『病能武器』來偽裝自己，使得自己變成這副模樣。」

比方說，利用「臉盲」和「刪除左邊」的病能產生黑霧，讓自己可以躲在其中。

「若是如此，那機械蝴蝶拍不到他的身影也合理了，因為他平常是普通人，只有在某些狀況時，才會變成『人形黑霧』。」

「我也贊同四季王的意見。」

「也就是說——」

「我也贊同四季王的意見。」

「……………………………」

先不論那個彷彿壞掉、只會重複同一句話的葉柔。

我不覺得裏科塔想不到我這種程度的推理。

「我本來的想法也和你一樣，直到我看到這個——」

裏科塔又用扇子點了一下桌子，大螢幕切成另一個畫面。

畫面中是一個人躺在床上，被黑霧所包裹。

「這一樣是剛剛的『人形黑霧』吧？」

聽到我這麼說，裏科塔沉默不語，只是稍稍舉起扇子，示意我繼續看。

「等一下……好像不太對。」

我越看越不對勁，等到我發覺時，我已隨著影片的播放站起身來，手心中也流滿了冷汗。

「裏科塔！這個——這個是什麼？」

若這影片中顯示的事實跟我想的一樣，那會是多麼可怕的狀況啊。

「影片中的那人，並不是你剛看到的『人形黑霧』——」

裏科塔用扇子指著那個躺在床上的人影說道：

「這個人只是『四季之雨』的普通居民而已，然後某天他突然得病了，這個病讓他失去意識，同時不斷從身上散發出黑霧，我姑且稱這個病為『黑霧病』。」

「天啊……」

我頹然地坐回椅子上。

「難怪妳會找我們過來。」

「這樣你總算了解了吧。」

「嗯，非常明白。」

這是非常事態，我甚至覺得自己來得實在太慢了。

「所有得到『黑霧病』的居民，都在倒下前傳達了一個情報：『他們目睹到了人形黑霧』。若把這兩件事連結在一起──」

我和裏科塔互看一眼，同聲說出了一個可怕至極的事實：

「這個『黑霧病』──」

「是由這個『人形黑霧』散布、傳染的。」

「要是不快找出『人形黑霧』是什麼，『四季之雨』將會陷入巨大的混亂。」

在會議室的對談不斷持續，裏科塔手捧著熱茶，一邊喝一邊如此說道。

看著她那因熱茶而鬆弛的表情，我不禁這麼想：即使外型變得完全不同了，她某些基本設定還是不會變。

「目前我國得了『黑霧病』的人約莫兩百人，我將這些人全數隔離開，但還是無法阻止越來越多人得病。」

「只要看到『人形黑霧』，就會得到『黑霧病』，是嗎？」

「從目前的狀況來看，這是最接近事實的推論。」

「有找出治療方法嗎？」

「目前還沒有，但若是再給我一些時間，我應該能找出一些端倪來。」

已經有不少四季之雨的普通人得了病，但為何四季之晴中完全沒人患病呢？

是因為凶手是四季之晴的人，想要藉此挑起兩國紛爭，還是其中有什麼深刻含意？

「雖然我將『黑霧病』和『人形黑霧』的事都進行了情報封鎖，但這是有極限的。要是再繼續這樣下去，大家遲早會發現這兩者的存在。」

裏科塔一邊把玩手中的扇子，一邊說道：

「現在還不知道『人形黑霧』的正體是什麼，但若他是某種病能者，那甚至有可能讓好不容易穩定下來的『四季之晴』和『四季之雨』產生動搖，其原因是什麼你應該很清楚。」

「當然。」

第三次世界大戰雖已結束，但病能者和普通人之間還是留下了許多仇恨。

「恐懼結界」的存在，強制將這兩者分成了兩邊，抑止了衝突。

這就像是吃藥。

雖然無法完全治癒，但可以控制。

大家信任「恐懼結界」，信任這道絕對的隔離。

抓住著這微薄的救命稻草，人類才稍稍得到了一點兒和平與喘息空間。

「要是被發現人類之國內有病能者，那混亂會一發不可收拾的。」

「不過現在還不能確定那個『人形黑霧』是病能者就是了。」

裏科塔再喝了一口茶後說道：

「季武——不，四季之晴的王啊，你認為我們下一步該怎麼做才好？」

面對裏科塔的詢問，我陷入了沉思。

身為一個王，這時應該怎麼做好？

裏科塔的行事作風雖和我大相逕庭，但她的實力絕對不在我之下。

若是連她都無法掌握「人形黑霧」的真身，那麼我當然也沒有任何把握去解決這個問題。

也就是說——

「疑似病能者的存在」必定會出現。

而且，也無法控制「黑霧病」的蔓延。

「嗯……其實真要說解決方案，也不是沒有。」

比方說全國戒嚴三天，強制大家待在家中之後，一間一間搜索。

但是——

「不管是哪個應變方案，都會面臨兩個很大的問題。」

裏科塔馬上點破我猶豫的理由。

「那就是必須顧及『穩定』和『時間』，對吧？」

沒錯，不管是哪個方案，都必須要顧及這兩個要素。

在處理過程中，我們不能引起人民不安，讓現有的和平被破壞掉。

而且處理的時間也不能拖太長，要不然得到「黑霧病」的人會越來越多。

「簡單說就是，我們必須『短時間』且『若無其事』地消滅人形黑霧。」

「……這難度也太高了吧？」

會議室裡安靜了下來。

我們三人以自己的方式各自思索。

我看著螢幕中的黑影、裏科塔閉眼喝著茶，至於葉柔則以端正的站姿站在我的身後。

過了不知多久後——

「既然問題無法解決……」

得到答案的我抬起頭來。

「那就乾脆讓它更加嚴重些。」

「咦？」

聽到我這麼說，我身後的葉柔露出了有些吃驚的表情。

「跟我想的一樣啊。」

我面前的裏科塔攤開扇子，緩緩說道：

「看來我們的想法是相同的。」

我和裏科塔同時點了點頭。

我們很有默契地一同站起身來，握了握手。

「既然無法解決得病的問題——」

我接上裏科塔的話說道：

「那就製造更大的問題，引開人民的注意力。」

看著裏科塔的雙眼，我知道她已經明白了我想做什麼。

我們相視而笑，一同將方法說出來。

「讓我們找個藉口，混入更多病能者到『四季之雨』中吧。」

DANGER! DANGER! DANGER!

病能

恐懼結界、恐懼炸彈

疾病源頭：恐懼症（phobia）

終於來到了本系列的主軸疾病。

《深表遺憾》最重要也最核心的設定，就是從這個疾病所衍生出的概念。

恐懼症僅是一個概括的名稱，其中其實細分很多項。

恐蛇症、懼高症、幽閉恐懼症、密集恐懼症、蜘蛛恐懼症都是常見的恐懼症類型。

並不是單純害怕某種事物，就表示你罹患恐懼症。

恐懼症患者的恐懼，是強烈到足以影響身體健康和正常社交生活的。

當患者看到他懼怕的事物時，他會產生強烈的負面壓力，他會流汗、心跳加快、呼吸困難，更嚴重者甚至會手腳麻痺、失去理智、當場昏倒。

恐懼症的患者通常會對「特定事物」或是「特定情境」感到恐懼。

除了大家常見的害怕事物外，恐懼症患者也有可能恐懼一般人不會害怕的東西，例如就曾有患者十分恐懼「雞腿」。是的，你沒看過，就是我們常常食用的雞腿。

該名患者只要看到雞腿就會崩潰大叫，接著口吐白沫昏倒在地（不過看到活著的雞時他不會有反應，真是神奇）。

在《深表遺憾》第一集的最開頭，季晴夏就已點明了一件事，恐懼症有一個其他認知疾病都沒有的特色——那就是恐懼會藉由基因遺傳。

所以才幾乎所有人都恐懼火、蛇、高度之類的東西。

科學家推測這是生物生存本能所衍生出的機制，藉由將恐懼流傳給後世，讓後續子孫在面對這些危險事物時可以迅速逃離，進而存活下來。

「恐懼炸彈」是本系列杜撰出的核心設定，並非真實存在。

但人殺人的日子若是就這麼不斷持續下去，哪天我們說不定真的會打從本能恐懼「人類」這個事物呢。

DANGER! DANGER! DANGER!

Chapter 2 人形黑霧

「**春之曇、夏之晴、秋之人、冬之雨——此為『四季』。**」

在與裏科塔商量好接著要進行的事情後，我對全國開始進行廣播。

「**一個月後，我們『四季之晴』將與裏科塔的『四季之雨』合辦一場祭典。**」

聽到我這麼說，足以蓋過我演說的喧囂馬上從「四季之晴」中爆發出來。

「誰要跟那群人類一同辦祭典！」

「我的家人可是被他們殺掉的啊！」

「要和那群普通人一起辦活動！我寧願去死算了！」

這種情況早就在我的意料之內。

除非遇到非常狀況。

要不然病能者和普通人之間的仇恨是無法消解的，唯有依靠時間來治療。

「**請大家肅靜，事情和你們想的不一樣。**」

我刻意提高聲音，壓下了反對的聲浪。

「我並沒有要你們跟『四季之雨』的人好好相處。這場祭典，採用的是互相競爭的對戰形式。」

聽到「對戰」，所有人都安靜了下來，專心聆聽。

「祭典共兩天，第一天會舉辦『選美大賽』和『武術大會』，第二天則會舉辦一場所有人都需參加的『特別活動』。」

我繼續向大家解說規則。

「這場祭典採三戰兩勝制。」

「『選美大賽』和『武術大會』的冠軍，可以為所屬國增添一勝。」

「若是第一天就拿到兩勝，則第二天的『特別活動』不須舉辦。」

「本次的祭典成本由雙方平攤，但落敗國需負擔明年祭典的所有費用。」

我稍微停頓一下，讓大家消化剛剛的內容。

「各位！這場祭典會向全世界轉播！」

我大聲喊話，試圖點燃大家的熱情：

「讓我們贏下所有比賽！」

「讓我們將『四季之雨』打得體無完膚！」

「讓我們向全世界證明——」

「我們病能者比普通人優秀得多！」

——震耳欲聾的歡呼聲響了起來！

「萬歲！」

「『四季之晴』萬歲！」

「終於有機會向他們復仇了！」

看著興奮的人民，我露出得意的笑容。

「原來如此……」

我身旁的葉柔發出了讚嘆的聲音。

「因為有了這場祭典，病能者得到了正大光明進入『四季之雨』的權利。」

聰明的葉柔，馬上就了解了我的企圖。

即使之後再有人看到「人形黑霧」，也不會因為目睹到病能者而驚慌。因為準備祭典，本就會有病能者出入「四季之雨」。

「舉辦祭典的好處不只如此。」

葉柔一邊扳著手指一邊數道：

「你因此得到了緩衝時間，可以找出黑霧的真身，也能藉著這樣的對戰宣洩掉雙方的仇恨，加速和平的到來。」

「沒錯，只要巧妙操作，就能把和樂融融的景象展示給底下的世界看，以此證明人類和病能者是可以共存的，下面的世界也會因此而變得穩定些吧。」

「四季王真是令人敬佩。」

葉柔雙手交握放在身前，低頭向我鞠躬說道：

「葉柔拜服。」

「…………」

看著她那恭順的模樣，我沉默了下來。

「怎麼了？」

「沒事。」

面對葉柔的疑問，我回了一個和平常一模一樣的笑容。

剛剛她的模樣和說詞，讓我一瞬間想到了季雨冬。

我不想讓任何人知道。

即使身為一國之王——即使已經過了一年半。

我胸口中的心痛依然沒有半點減少。

接著的一個月，兩國都努力準備著這個大型祭典。

為了這個祭典，我和裏科塔調整了「恐懼結界」的設定。

在這個月內，普通人和病能者即使到另一國去，也不會因為恐懼而失去意識。

也就是說，在這段短暫的時間內，病能者和普通人混雜在一起。

為了避免仇殺和混亂的發生，我和裏科塔同時下了一個禁令：「要是鬧出問題者，該國直接落敗。」

在這樣的限制下，多數人即使心中有著怨懟，也多是隱忍不發。

裏科塔也不知道用了什麼手段管理人民，若是有病能者到四季之雨去，不但不會被找麻煩，還會被大大禮遇。

至於我國雖然表面上和平，但我知道其實在我看不見的地方，有不少仇深似海的人，例如家人曾被普通人殺害的，他們盤算著即使違反禁令，也要殺死進入四季之晴的普通人。

只是——

「『家人製造』。」

我張開手掌，對準了想要殺死「四季之雨」普通人的一名高壯男子，他本來前行的身子就像是被束縛般，完全動彈不得。

「你、你為什麼會知道我打算做什麼？」

過度用力的他渾身顫抖，但不管他多努力，凍結的他依舊一公分都動不了。

「我明明什麼都還沒做啊！」

「打從『四季』建立的那刻起我就說過了。」

我一邊加大病能的輸出一邊說道：

「我要理解你們所有人。」

我比平時花了更多心力監視「四季之晴」，要是發現潛在的危險分子，我就趕在他動手前，使用季秋人的「家人製造」，淡化他心中的仇恨。

這也是我舉辦祭典的其中一個目的。

我想知道誰對普通人抱有強烈的恨意。

「四季王啊！」

我面前的病能者咬著牙，不甘地說道：

「你真以為發生那種事後，普通人和病能者還能和平共處？」

「我沒有要你們毫無芥蒂地生活在一起，從來沒有。」

「他們之前可是把我們病能者當作家畜一般利用啊！」

「……………」

「我們被當作戰爭的武器，我們的病能被榨取當作能源，我們的存在彷彿是為了被人類殺死！」

「……你們本來也和他們一樣是人類。」

「我們是不同的！你是這世上最初的病能者，為何不站在我們這邊！」

他的眼中流出了血淚說道：

「用這種彷彿洗腦的方式，你根本就不算是了解我們！」

「不，我了解你的恨。」

你對普通人擁有不管怎樣都無法消除的恨，不管誰都無法拯救你。

所以，我才來到你的面前。

「就算你處理得了我，那你又能處理多少其他人？」

被漆黑恨意塗滿雙眼的他大吼道：

「你能改變整個世界嗎？」

「我正在做的就是這件事。」

我將手貼上他的額頭。

「所以，你儘管恨我沒關係。」

在他失去意識前，我對他說出了最後一句話。

「我是你們的王，就算所有人都恨我，我也會承擔起來。」

隨著病態逐漸發揮作用，我面前的人眼神越來越空洞，就像是喪失了靈魂。

等到我確定病態已完全生效後，我出言向面前的人確認。

「『四季之雨』的人是你的——？」

「是我的『家人』。」

他微微歪著頭，就像是好奇我為何要問他這麼理所當然的問題。

本來充滿恨的雙眼已恢復了清明。

「很好。」

我點了點頭。

只要我還活著，你將遺忘你對人類的恨。

你將不再是你，你的生活也會大幅改變吧。

「祝你之後擁有新的人生。」

聽到我這麼說，他露出了詫異的表情。

我揮動身上的白袍，轉身離開現場。

「辛苦了。」

回到王宮後，跪在地上的葉柔對我遞上一條熱毛巾，我用它抹了抹臉。

「這是第三千兩百零一個，四季王把有可能對『四季之雨』發難的病能者都處理過一輪了。」

「這樣還不夠，保險起見，要派人對他們進行監控，並列出下一波可能的名單，我再親自去處理。」

「遵命。」

我眼前的葉柔招來機械蝴蝶，將我的政令傳達出去。

我揉了揉疲軟的雙眼，癱坐在王位上，只覺得渾身疲憊。

這些日子，不只為了祭典的事前準備，我還不斷用感官共鳴察看國內的情況。

只要有一個病能者對普通人施暴，我和裏科塔拚命維持的和平，就會像是泡影一般蒸發。

我們現在擁有的穩定，就是如此的不穩定。

「所以……我才想舉辦這場祭典。」

只要活動成功了，那普通人和病能者的距離也會因此拉近些吧。

這不只是場活動而已，還是一場表演——一場顯示這世界有多麼美好的表演。

所以就算負擔再大，我身為王，都不能露出艱困的表情。

我必須站在所有人前，露出打從心底享受祭典的表情。

「葉柔，選美比賽和武術大會，我們不能全勝，也不能全敗。」

「四季王是想讓比數成為一比一，將祭典拖到第二天是嗎？」

「是的。」

不管哪一方在第一天拿到兩勝，祭典就會提早結束。

「那為何不去拜託裏科塔，想辦法合作並操作比數？」

「那是不可能的。」

我搖了搖頭說道：

「因為，她無法說謊。」

暗中使手腳，讓比賽無法公正進行的事，是違反她設定的行為。

「總之，不管用什麼手段都好，我們要想辦法在第一天打成平手，並讓第二天的大型活動如期舉辦。」

雖然葉柔看不到，但她似乎從我的態度和話語中感受到非比尋常的認真。

我沒有說出這麼做的理由，而葉柔也沒進一步追問。

「我明白了，四季王。」

她點了點頭，毫不遲疑地接受這一切。

或許是她想以行動證明，她是如何深信著我。

也或許是她的體貼，讓她選擇了不要再增添我的壓力。

但不管是哪個原因，我的疲憊被她看穿都是事實。

「季武哥哥。」

葉柔突然換回了以往的稱呼，緩緩地走到我的身後。

——一陣彷彿花朵般的柔軟觸感拂上了我的肩。

葉柔輕輕地將我披著的白袍卸了下來。

「現在王宮中只有我和你，你不用表現出王的樣子也沒關係的。」

「我……」

「不管你背負多少東西，我都希望在獨處時，你能稍稍卸下。」

葉柔露出純真的笑容說道：

「因為不管你做了什麼、呈現出什麼模樣，我都不會對你失望的。」

溫柔的話語流過心中，讓我感到心有些暖。

這種恰到好處的感覺真是奇妙。

當我渴求治癒的瞬間，葉柔就遞上了我所需要的安慰。

那過度吻合的時機，甚至會讓人誤以為她一直都在留意著我。

「……我說啊，妳真的沒有感官共鳴之類的病能嗎？」

「呵呵……有時就是看不到，所以才能看清事情的本質喔。」

葉柔小小的手掌不斷抓握，一邊對我的肩膀進行按摩一邊說道：

「要是不能為你分憂解勞，那我怎麼擔任你的輔佐呢？」

我閉上眼，享受著葉柔的服侍。

這些日子，只要一察覺到我太勉強，她就會這樣幫我按摩。

靜謐的時間緩緩流逝，不知不覺就到了深夜。

無數的機械蝴蝶在我和葉柔身邊翩翩飛舞著。

真是奇怪，明明周遭的風景不斷在移動、改變，卻覺得時間彷彿停止了。

過於平靜的氛圍，給了心靜止的錯覺。

「葉柔。」

「什麼事？」

「在妳眼中，我是個怎樣的王呢？」

「你是個很了不起的王。」

「但我從不這麼覺得。」

妳對我的評價，高到甚至讓我產生足以逃出王宮的壓力。

「因為你從不把自己當王吧。」

葉柔輕笑道：

「這點從『四季之晴』的人民就看得出來了，大家都很親近你。」

「……這說不定只是我太沒威嚴的關係。」

「不，人民都把你當作是夥伴。」

葉柔一邊用她的指腹按著我的頭皮一邊說道：

「王應立於人之上，但你總是站在他人身旁。你應該更有自覺，能以平等的身分領導他人，這其實是一件非常了不起的事。」

「我其實根本沒做到啊……『真正的平等』。」

若是真的接受所有存在，我就不該像剛剛那般洗腦他人，抹除掉他對普通人的恨。

但為了讓更多人幸福，我必須行惡事。

「我必須……成為大家的『必要之惡』。」

「真令我意外。」

聽到我這麼說，葉柔有些驚訝地說道：

「母親大人也說過類似的話。」

「裏科塔……不，院長嗎？」

「是啊，她曾說過：『當個雙手染滿血腥的反派，比當個人人都稱頌的英雄還要困難、偉大多了。』」

「確實是如此……」

成為王後，我才逐漸理解了院長和季晴夏的想法。

為了拯救所有人類，晴姊製造了病能者。

為了拯救普通人，院長限制了病能者。

為了維持和平，我奪走了人民對普通人的恨，扭曲他的意志。

「這是不是代表，我正變得和晴姊、院長一樣呢？」

我正走在她們走過的路，終有一天會變成她們？

「並不是這樣。」

葉柔肯定地說道：

「你跟她們完全不同。」

「……又是妳擅長的高評價嗎？」

「季武哥哥，你看清了所有人，卻從沒看清過自己。」

葉柔的聲音越來越低，按在我身上的手指也越來越輕。

「不過在討論這個問題前，你還是先休息吧。」

「可是……還有許多事沒解決，祭典的預算審核、舞臺的工程報告——」

「在你睡著時，我會幫你解決的。」

葉柔伸出小小的手掌，按住了我的雙眼，強制讓我的眼前變得一片黑暗。

「減輕你的負擔，就是我的存在意義。」

隨著葉柔在耳邊的輕喃，我的眼皮逐漸下沉。

「我無法站在你身前引領你，無法在你身後支持你，但是，不管是你的脆弱還是堅強，我都能理解。」

她輕輕笑道：

「請讓我以平等的姿態，待在你的身邊吧。」

不知過了多久，我從睡夢中醒來。

不，正確來說，應該是被驚醒。

不知何時，葉柔已經從我身邊消失了，王宮內空無一人。

「咦……？」

我坐在王位上，注視著眼前的異狀。

不祥的「人形黑霧」佇立在我面前，瀰漫在他身周的黑霧不斷舞動，就像是一層防護罩，不但阻礙了我的病能對他的探測，也完全遮掩住他的身形。

我深吸一口氣，暗暗平復自己的心驚。

「……幸會。」

我不知道「人形黑霧」為何要出現在我面前，但我姑且還是打了聲招呼。

「人形黑霧」就這樣默默地看著我，一言不發。

「回答我，你為何要散布黑霧病？」

「……」

「你的目的是什麼？為何誰都找不到你？」

「…………」

不管我怎麼問，他始終一言不發。

就在我懷疑他其實無法說話時，嘴巴處的黑霧裂開，一個奇異的聲音從中傳了出來。

「季武。」

「人形黑霧」的聲音就和他四周的黑霧一樣，充滿雜質，完全無法從中辨識他的身分。

「別誤解我的存在了。」

「……」

「別被表象欺騙了。」

「我不懂你在說什麼，請好好回答我的問題。」

「……」

「人形黑霧」再度沉默了下來。
我們兩個之間的對話完全沒有成立。
「算了……」
過了良久良久後，他緩緩說道：
「不管你們是怎麼想的，都無法阻止計畫的執行。」
「什麼計畫？」
「『病能者計畫』。」
「……」
「季晴夏的『病能者計畫』，即將完成。」
聽到出乎我預料之外的名字，讓我就像當機般愣在當場。
為何，會從「人形黑霧」的口中聽見晴姊的名字？
「至今所發生的一切都是有意義的。」
「人形黑霧」自顧自地說著他想說的話。
「病能者研究院的『刪除左邊』、家族之島的『最強電腦』、祕密之堡的『季曇春』、和之島上的『幻肢殭屍』，這些全都是有意義的。」
「什麼意義？」
「這全是季晴夏的實驗，是病能者計畫的前置準備，在一切就緒的現在，季晴夏的救世計畫將邁入最終階段。」
「等一下……原來你是晴姊派來的人？」

我不由得站起身來，看著眼前的「人形黑霧」問道：

「晴姊現在在哪兒？雨冬又在哪裡？」

「這跟你沒有關係。」

「有關係。不對，等一下——」

我突然醒覺。

能讓現在的我完全掌握不到行蹤，莫非你是……

「妳是……晴姊嗎？」

「…………」

「回答我！」

「不管是誰，都找不到季晴夏，你早該知曉其中的意義。」

「人形黑霧」揮了揮手，身體周遭的黑霧陡然變得濃厚起來。

「她是一切的起源，也將是一切的終點。」

大量產生的黑霧一瞬間充斥了整個王宮，將我也吞噬進去。

——一陣冰冷至極的觸感突然撫上我的面頰。

我完全不知道他是怎麼靠近我的。

在深沉的黑暗中，我看到了——

按上我面頰的手，是一隻白皙、潔淨的手掌。

雖然那之中毫無汙穢，卻沒有任何一絲人類該有的溫度。

「結局，早已註定。」

隨著這句語音的消逝，「人形黑霧」就像是鬼魅一般蒸發、消失。

我環顧四周。

王宮中恢復了平靜，一個人都沒有。

就像是「人形黑霧」從沒來過一般。

「我會找到妳們的……」

我摸著臉頰，回憶剛剛那寒冷的觸感。

「我一定會找到妳們的，晴姊、雨冬。」

象徵兩國的旗幟飄揚著。

在祭典的會場中，擠滿了數十萬名觀眾。

「四季首次的大祭典即將開始！」

身穿華麗的偶像服，銀色的頭髮直達腳踝，舞臺上的女孩一邊揮舞手臂一邊活潑地喊道：

「我是四季之雨的巫濡，擔當這次所有活動的主持，請大家多多指教！」

臺下爆出一陣歡呼！

「巫濡妹妹！」

「巫濡我永遠喜歡妳！」

「啊啊竟然在這樣近的地方看到巫濡，我、我的心跳——嗚啊啊啊啊啊啊啊——！」

最後一個四季之雨的觀眾似乎因為過度興奮而昏倒，用感官共鳴觀測到的我趕緊吩咐人將他送醫。

雖然在四季之晴的名氣沒有那麼高，但巫濡在四季之雨似乎是類似國民偶像的存在，不管是唱歌、跳舞、演戲都難不倒她。

巫濡所在的舞臺，位於四季之晴和四季之雨中間。

為了本次的祭典，我和裏科塔調整了「恐懼結界」的設定，在兩國中間開設一個圓形的「特區」，這個特區用白色的大理石牆圍了起來，一半在四季之晴、一半在四季之雨。

在祭典期間，不管你是普通人還是病能者，都可以自由出入這個區域。

「哼……雖然很亮眼，但還是我們家葉柔輔佐比較漂亮。」

看著舞臺上的巫濡，一個四季之晴的人如此嘟囔。

以這句話為開端，四季之晴的人紛紛附和。

「沒錯！雖然腿比葉柔輔佐長了一倍，但我還是覺得葉柔那跟小朋友一樣瘦弱的身材比較棒！」

「頭髮雖然看起來很滑順！但葉柔輔佐露出的肚臍眼誘人多了！」

「聲音好聽又怎樣！我們家葉柔輔佐之前宣告事項走音的模樣才可愛呢！」

你們這到底是在誇巫濡還是在羞辱葉柔啊？

我身旁的葉柔不斷顫抖，看起來已經快要因為羞恥而哭出來了。

「**我這種人當然比不上葉柔輔佐啊。**」

聽到四季之晴民眾私語的巫濡完全沒有生氣，她對底下那些人眨了眨眼說道：

「**不過，希望我可以排在葉柔輔佐之後，成為你們心中的第二名，好嗎？**」

「哼！想都別想——」

「**拜託……**」

「…………」

「**拜託大家……**」

巫濡低下頭，以溼潤的雙眼委屈地說道：

「**我不希望你們……討厭我……**」

「巫濡妹妹萬歲————！」

被她的魅力擄獲，剛剛竊竊私語的四季之晴民眾全部歡呼了起來。

「這些傷腦筋的傢伙……」

看著態度一百八十度轉彎的子民，我不知為何覺得有些丟臉。

我身旁的裏科塔用扇子遮住嘴巴，像是很愉快的笑了幾聲說道：

「呵呵……季武你的人民真有趣。」

「我倒是希望他們能像妳國家的人那般穩重點……」

「就是有這樣的差異性才有意思，是吧？」

裏科塔「啪」的一聲闔起扇子，向我伸出手。

「雖然各為普通人和病能者，但為期兩天的祭典，讓我們為自己的國家盡全力，一起好好加油吧。」

看著裏科塔那小小的手，我也伸出了手——

「**第一屆四季祭典，正式開始！**」

就在我們兩個握手的那刻，無數的煙火綻放，宣布了這場祭典的展開。

閉上眼，我在腦中整理我在這場祭典中必須達成的目標。

一、找出「人形黑霧」的真身。

二、想辦法在第一天時拿到平手的比分，將祭典拖入第二天。

三、注意人民的狀況，不要讓衝突和意外發生。

四、好好享受祭典，製造病能者和普通人友好相處的美好表象。

「為了達成這些目的，必須耍些小手段才行。」

坐在舞臺下的我向巫濡使了個眼神，接收到訊息的她向我眨了眨眼，開始唸起我拜託她的事項。

「在開始今天的比賽項目前，先宣布一個由四季王和裏科塔安排，每個人都能參與的『尋寶遊戲』。」

巫濡向大家喊道：

「要是看到一個渾身纏滿黑霧的人形事物，請迅速通報身旁的機械蝴蝶！」

巫濡身後的大螢幕，秀出了之前裏科塔給我們看到的影像。

——被黑霧籠罩、真身不明的人類。

「發現『人形黑霧』的人——將獲得一千萬賞金！」

「喔喔喔喔喔喔喔喔——————！」

聽到這麼高額的賞金，所有人都歡呼了起來。

「原來如此，這招的確高明。」

站在我身後的葉柔聽著歡呼聲說道：

「『人形黑霧』之所以能神出鬼沒地行動，是因為我們把他的存在當作機密。」

我們害怕這個情報洩漏出去，會造成民眾恐慌。

但這樣的做法，也同時給了他活動的空間——因為沒有人知道他的事，我們也無法明目張膽地搜索他。

「可是假藉祭典活動的名義，我們可以把他的情報公開，藉由大家的雙眼尋找他。」

雖然我不奢望大家能找到連我都找不到的神祕事物。

但若是全部人都在找你，你也無法輕易現身吧。

「這樣，就能暫時封住『人形黑霧』的行動了。」

「真是厲害……」

葉柔本應什麼都看不到的雙眼朝向我的方向，放出了光芒。

可以感受到她因為敬佩我的計策而激動起來。

……別這樣啊，這真的不是什麼了不起的事。

妳稍加思考後，不也馬上就看穿了我的用意嗎？

「**之後或許還有更多為了祭典舉辦的特別活動，請大家敬請期待！不要錯過！**」

無視我心中的複雜想法，巫濡持續帶動著現場的氣氛。

「**此刻——揭開祭典序幕的，是大家期待已久的『武術大會預選』！**」

透過機械蝴蝶的擴音，巫灀向全場宣告：

「若你想成為四季中最強的人，歡迎到比賽會場來證明自己！」

語音一落，巫灀所站的舞臺突然發出了轟隆隆的聲響。

她所站之處向上升高了約莫一公尺，緊接著，八根石柱圍繞著她從舞臺脫離，逐漸向上升高！

八根石柱、八個預賽會場，就這樣環繞著巫灀成型。

「這場武術大會禁止使用病能和武器，主辦單位也會盡心保障你的安全。從現在開始十分鐘內，歡迎想參加預賽的人站在圓柱上！」

無數的機械蝴蝶聚在八根石柱旁，化作了可以登上石柱的階梯。

「勝利條件很簡單——『那就是站到最後！』」

巫灀甩動長長的銀髮，轉圈大喊：

「只要你能成為站在上頭的最後一人，你就能晉級武術大會的正賽！」

也就是說，有八個人可以晉級。

只要從石柱上被打落，就喪失資格，這是個簡單明瞭的比賽方式。

所有人看著通往預賽會場的蝴蝶階梯不斷議論，卻誰都不敢第一個踏上去。

「那麼，就由我來當先鋒吧。」

我脫下身上的白袍。

要是先在武術大會搶下一勝，那之後要製造平手的局面就簡單多了。

登上蝴蝶階梯，我緩緩走上其中一根石柱。

「四季王……」

所有人都注視著我。

本來喧鬧的吵雜聲，隨著我的逐漸登頂而變得越來越小。

就在我踏上預賽場地的那刻，所有聲音就像被吸光似的不再存在。

「想要挑戰四季王的人，歡迎上來。」

我以居高臨下的眼光看著底下的人，招了招手。

我錯了。

真的錯了。

剛上臺的一瞬間，我還有個很丟臉的想法：底下的人被我身為王的霸氣所震懾，所以才鴉雀無聲。

但其實這一切都是我的誤會——非常嚴重的誤會。

「去死吧——！」

半徑五十公尺的圓形石柱擂臺上，擠滿了幾百名挑戰者，他們毫不畏懼地朝我衝過來。

「原來……」

我一邊用手撥開源源不絕的攻擊，一邊崩潰喊道：

「原來你們剛剛的沉默是因為開心！」

因為有了合法挑戰我的機會，所以才欣喜若狂到忘了吵鬧！

「去死吧四季王啊啊啊啊啊！」

「我早就看你不爽很久了！快給我掉下去！」

「多年的怨恨啊！請聚集在我的拳頭上，讓我給予這位不知恥的王神聖的制裁！」

要是聽到這樣的吆喝，十個會有十個認為和我對戰的人是四季之雨的普通人吧？

然而上臺來的，無一例外——

「全都是我國人民！」

全部，都是四季之晴的病能者！

「誰教你要霸占葉柔輔佐！」

「只要把你幹掉！我就不用再看到葉柔輔佐站在你身邊的畫面了！」

「我要把你的屍首當作給葉柔輔佐的求婚禮物！」

「很好！剛剛出言不遜的全都放馬過來！」

我捏了捏拳頭，微笑說道：

「我也很開心能有機會公開教訓你們！」

看我把你們那腐爛的劣根性徹底扭轉過來！

這個國家到底有多少人是葉柔控啊？

難怪我隔壁的預賽會場，葉柔孤零零地站在上頭，不管等多久都沒有挑戰者。

和我這邊門庭若市的畫面相較，真的是顯而易見的落差。

「那個，葉柔輔佐……」

深表遺憾，我病起來

等了不知多久後，終於有一個小男孩怯生生地來到葉柔所在的擂臺。

「太、太好了，終於有挑戰者了！」

不知為何，葉柔似乎有點感動。

「要是就這樣站到時間結束，我會覺得好像哪裡怪怪的……」

「那個……我是——」

「不要說了！」

葉柔開心地朝著小男孩的方向走過去。

「就讓我們馬上開始對戰吧————嗚啊！」

走著走著，她一如既往地腳下一絆，失去平衡跌倒在地。

——咕嚕咕嚕！

她在地上華麗地滾了無數圈，眼看就要滾出石柱外，摔落地面喪失資格——

「葉柔輔佐！」

小男孩慌張地拉住葉柔，拯救了她自我淘汰的命運。

被挑戰者拯救是什麼概念？

「那、那個，感謝你……」

因為羞愧而滿臉通紅的葉柔趕緊整了整身上凌亂的衣服，站起身來說道：

「不過你太天真了，戰場無父子，要是你不救我，你剛剛就能獲勝了。」

「妳誤會了，葉柔輔佐。」

「我誤會什麼？我從你身上感受到病能者的氣息，想必是四季之晴的國民吧？」

葉柔擺出架勢說道：

「我不會因為你是小男孩就瞧不起你，賭上葉柔之名，我將拿出我的全力應戰——」

「不是這樣的！」

小男孩大聲打斷葉柔的話，讓葉柔露出錯愕不已的表情。

「我、我——」

小男孩低下頭，遞出懷中的簽名板說道：

「我是來找妳簽名的！」

「……………」

「我是妳的大粉絲！拜託妳幫我簽名。」

「…………………………………………喔。」

葉柔一瞬間露出了想哭的表情，但最後她還是幫小男孩簽了名。

拿到簽名的小男孩歡天喜地地走下預賽擂臺，葉柔再度恢復了孤身一人的處境。

不管等待多久，都沒有新的挑戰者出現。

高處的寒風吹著她瘦弱的身影，也晃動了她頭上的羽毛頭飾，要是我沒看錯的話，我似乎看到了她眼角浮現些許淚水。

明明被所有人疼愛，卻還是能造就被大家霸凌的結果。

這到底是怎麼做到的啊？

「這一切都是四季王的錯！去死吧！」

站在我面前的一位中年男子朝我揮了一拳，我趕緊側身閃過！
「不，這怎麼看都跟我無關吧？」
「若不趕快把錯歸在你身上，那葉柔輔佐不就會發現是自己的錯了嗎？」
「你們再怎麼袒護葉柔也該有個限度吧！」
這已經到達溺愛的等級了！
「四季王，接招吧！」
中年男子脖子上的蝴蝶記號亮了起來。
「病能發動——」
一股黑暗纏上了他的左半邊身子。
「『刪除左邊』！」
一個一公尺長的黑幕從他左半身延伸出來，我趕緊將站在他左側的小女孩抱起來，逃離這股黑暗。
「等一下，怎麼使用起病能了！」
我轉頭向站在中央柱上的巫濡確認道：
「這個武術大會不是禁止病能的嗎？」
「**沒、沒錯，使用的人當場失去資格。**」
在巫濡的指揮下，機械蝴蝶將左半邊身子一片漆黑的中年男子抬起來。
「**只要一感應到病能，機械蝴蝶就會馬上將你驅趕走，請大家注意，不要觸犯規定——**」

「就算失去資格也沒關係，病能已奏效了！」

身在半空的中年男子喊道：

「只要採取這樣的自殺攻擊，就算馬上被趕出去，也能讓四季王陷入苦戰。」

原來如此，這想法還不錯。

只要一用病能，就喪失資格。

但他們那麼多人，少一、兩個也不會怎樣；相反的，我卻因為只有一人，所以不能像他們那般放手一搏。

也就是說，現在的戰鬥，一瞬間變成了幾百個病能者對抗被封住病能的我。

「就是現在，女兒！」

就在即將從預賽會場脫離的瞬間，中年男子指著我大喊：

「使用妳的病能！」

「『家人製造』。」

我抱著的小女孩突然吐出這句話，她右手上的蝴蝶記號也隨著她的話發出了亮光。

這瞬間我明白了，這個中年男子和小女孩是一夥的。

下一刻，我的意識因為被干涉而模糊了起來。

「四季王哥哥，來～～往這邊走喔。」

順著小女孩手指的方向，我不由自主地往前走。

「對，就是這邊～～」

彷彿被催眠的我，就這樣朝著石柱的邊緣走去——

「喝！」

我用力一咬下嘴脣，藉由疼痛讓自己稍稍清醒些。

趁著這個短暫的空檔，懷中的小女孩被機械蝴蝶抬走，我也因此脫離了小女孩的病能範圍。

「『臉盲』。」

一波未平、一波又起。

在我左邊，一個瀏海遮住左眼的少女逼過來，向我張開右手掌，她掌心的藍色蝴蝶發出了光芒。

——彷彿被這道光吸走了臉龐。

所有參賽者的臉陷入黑暗，變得一團模糊。

「這種沒有戰鬥性的病能，一點兒用都沒有！」

臉盲是讓人臉消失的病能，只適用於諜報、潛入敵營等場合。

在現在這種肉搏戰中，僅限於臉部範圍的病能，根本就派不上用場——

「那麼，若是『臉盲』影響的範圍不僅限於臉部呢？」

少女緩緩撥開了瀏海，本來是左眼瞳孔的地方，鑲著一隻蝴蝶。

「咦……？」

看著她眼睛和手掌上的蝴蝶記號，我很快地就明白那代表什麼。

「同時……擁有兩種病能？」

「『臉盲』，再加上——」

少女左眼裡的蝴蝶發出了熾烈的紅光。

「『萬物扭曲』。」

源自「愛麗絲夢遊仙境症候群」，可以不正常放大、縮小事物，扭曲距離的病能。

在距離的概念被扭曲的情況下，所有罩在參賽者臉上的黑暗改變了形狀。

就像破了洞的桶子，黑暗脫離了臉的束縛，緩緩從中流瀉而出，瀰漫到整個會場中。

很快地，我的眼前就伸手不見五指。

「原來還有這種使用法……」

這名少女，想必是因為戰爭，而被有心人士改造過吧。

但就算什麼都看不見，只要站在原地不移動，那就不會摔下石柱——

「『家人製造』。」

右手傳來了彷彿羽毛般的柔軟觸感，我低頭一看。

「咦……」

又是一個小女孩牽起我的手。

「四季王哥哥，來～～」

順著她的輕輕拉扯，我往面前的黑暗邁步。

「等、等一下。」

我用左手捏著自己的右手，想要再一次藉由疼痛喚醒自己。

但只是稍稍用力，左手就像柔軟的麵糰一樣被拉長，「啪」的一聲掉落在地上。

「嗚啊！」

驚嚇的我趕緊鬆手。

眼前的黑暗吃掉了我那被延展的手，讓我目光所及之處再度陷入一片黑暗。

意識被「家人製造」侵蝕，身體被「臉盲」和「萬物扭曲」影響。

空間感嚴重喪失。

我感到天旋地轉，就像飄浮在空中，完全找不到重心。

我是停在原地？還是在往邊緣走去？或是正在往下墜落？

「四季王哥哥。」

先前拉住我手的小女孩逐漸融化，變成了一團爛泥，但她落在地上的嘴巴還是說著指引的話。

「來這邊喔。」

隨著那道聲音，我往前——

「咦？」

黑暗在一切都無可挽回時解除了。

我不知何時躍到了空中，預賽會場就在我正後方二十公分處，被地心引力所拉扯，我的身體迅速往下掉落！

很快地，我的高度就降到了比會場還低的部分，已經完全來不及用手抓住擂臺了！

「喝！」

我腹部用力，踢起右腳！

腳躍過了我的頭頂，讓我凌空的身體硬生生地轉了一百八十度。

右腳背堪堪勾住了會場邊緣處的地方，停住我下墜的身勢。

「呼……」

狼狽不堪的我抹了抹頭上的冷汗。

現在的我頭下腳上，和擂臺的唯一接點只有右腳，只要輕輕一推就會落下。

「『二感共鳴』！」

但是，攻勢還沒停！

一個穿著打扮和葉柔近似的女子揮動腰間的刀，將我腳勾著的石塊切斷。

我再度失去了借力之處，身體飄浮在半空中。

「斬！」

為了怕我再使出什麼方式跑回會場，拿刀的女子毫不留情地用刀背朝我砍過來。

「這些傢伙……」

我的國民比我想的還厲害。

雖然我沒有使用病能，但能靠著聯手把我逼到這個地步，著實了不起。

那麼，就拿出一點兒真本事吧。

我緩緩閉上雙眼，將自己的身體和意識化作無。

「來吧——『葉柔』。」

因為從雲悠然那邊學到了第六感，現在的我即使不開病能，也能在一瞬間再現他人的動作。

視覺被封住，身體一瞬間變得虛弱無比，但就是這樣孱弱的狀態，讓我感受到空氣的流動。

彷彿每個細胞都看到了刀斬過來的軌跡，在刀觸碰到我腹部的瞬間，我將肌肉全然放鬆。

——完全接受這把刀，彷彿它就是身體的一部分。

「咦？」

拿刀的女子發出了詫異的聲音。

刀能切斷許多堅硬的東西，但是，即使你刀術高明到能斬斷鐵——你也不一定能砍斷飄浮在空中的一塊薄布。

「怎麼可能……」

她看著「掛」在她刀子上的我，不可置信。

「竟然完全沒有砍到的手感……」

刀已揮盡，我卻沒有因為她的刀擊而飛出去。

彷彿被刀吸住，我以腰間為支點，像塊布一般晾掛在她的刀子上。

「人在受到衝擊時，會不自覺地用力，抵抗那股攻擊。」

我一個翻身，從刀子上回到了會場中。

「空中的薄布之所以斬不斷，是因為它毫不抵抗，我剛剛只是將身體完全放鬆，做了與其相同的事而已。」

「說來簡單，但這可謂是神技一般的表現啊……」

還沒從驚訝中恢復的她微微張著嘴說道：

「只要有任何一絲僵硬或是緊張，就會受到重傷啊！」

她說得沒錯。

這種「完全受身」，需建立在心理和身體的完全放鬆上。

即使面對足以致死的刀具，也得把它視作朝自己吹來的微風。

只要使了任何一分力，讓身體變得可以受力，就會在毫無防備的狀況下吃到傷害。

而因為那時的防禦為零，就算本來不怎樣的攻擊，也有可能造成足以致死的傷勢。

「這也是你們所喜愛的葉柔輔佐會用的技巧。」

我牽起一邊嘴角，露出嘲諷的笑容說道：

「所有人的通力合作，結果最後卻被我化身成的葉柔化解，感覺如何啊？」

「………………」

聽到我這麼說，會場上的所有參賽者都沉默了下來。

我可以感受到一團熊熊怒火在他們身後燃燒。

「要不要再聯合攻擊我一次啊？」

我手摸著不存在頭上的羽毛頭飾，露出彷彿葉柔的笑容說道：

「為了獎勵你們的努力，這次我會模仿葉柔的樣子哭給你們看的。」

「殺了他———！」

所有病能者怒吼，朝我衝了過來！

很好，我要的就是這樣。

「來吧——」

卸掉自己的關節，我的肩膀處傳來了「劈啪」聲響。

「『雲悠然』！」

五感被封了起來。

眼、耳、口、鼻和身體全然喪失知覺，讓我什麼都感受不到。

「世界的聲音」隱隱約約在腦中響了起來。

只要零點幾秒就好，讓我借用最強人類的力量。

若只是短暫的一瞬間，應該可以避免變成「世界的奴隸」，被其支配才對。

「推！」

像鞭子的兩條手臂甩了出去，砸在地上！

「轟隆」一聲巨響——！

靠近我這側的一半擂臺猛然崩坍！朝著我衝過來的人煞車不及，全數跟著掉落的石塊一同摔了下去。

踩著石塊和那些人的背，我跳到另一半完好的擂臺上。

「你們該感到驕傲。」

看著僅剩我一人的半邊擂臺，我抹了抹額上的冷汗說道：

「就差一點兒，我就要使用病能了。」

真的只差一點點，真是千鈞一髮。

所有病能者都在掉到一半時被機械蝴蝶救起來。

停在半空中的他們看著我，露出了有些不甘心的神情。

「別露出那樣的表情。」

我一邊披上機械蝴蝶遞上的白袍一邊笑道：

「之後若是想打，隨時歡迎你們來王宮找我。」

跟民眾打架的王，不管在哪兒都找不到吧。

但聽到我這麼說，他們全數露出了期待的神情，露出了笑容。

「**比賽時間到！**」

站在中央柱上的巫濡大喊：

「**第三預賽會場勝者，四季王——季武！**」

如雷的掌聲響了起來。

不管是病能者還是普通人都拍著手。

「這就是祭典！」

我對著底下歡呼的人大喊道：

「不管你是誰——」

「不管你想做什麼！」

「不管你是四季之晴還是四季之雨！」

我張開雙手，「啪」的一聲揮動身後的白袍。

「讓我們一同享受這場難得的盛事吧！」

在武術大賽的預選過後，祭典一瞬間熱鬧了起來。
因為正賽開始前還需要做點準備，舞臺區的部分進入了中場休息。
無數攤販趁這個時間點開設起攤子來，想要藉這難得的機會賺點錢。
我和葉柔走在熱鬧的人群和攤位中，一邊巡視一邊享受這個氛圍。
「啊……」
因為過於擁擠，看不見的葉柔被人群衝撞到，差點跌倒。
「葉柔。」
我向她伸出手去，示意要她握住我的手。
「……」
不知為何，她定在原地，露出有些不知所措的表情。
「啊，對了，妳看不到……」
要是平常的她，一定能敏銳地感受到我想做什麼，但現在的人潮可能太多了，過多的雜訊干擾她的感受，讓她無法察覺我想做的事。
於是，我主動握住她小小的手。
「嗚耶！」
葉柔發出了奇怪的聲音後，紅著臉說道：
「四四四四四四四四季王，這個這個這個……」

她的話語支離破碎，完全不懂她想表達什麼。

「牽著手比較好吧？還是我這舉動太冒犯了？」

「不不，冒犯的人應該是我——」

「沒這回事。」

葉柔的手很柔軟，彷彿輕輕一握就會捏碎，我小心翼翼地捧在掌中，就像是對待一個精緻的藝術品。

「要是妳走失了，那就沒人能擔當我的輔佐了。」

「嗯……」

「所以，跟好我喔。」

「雨冬姊姊，對不起……」

「……為何這時要提到雨冬？」

而且還跟她道歉？

「沒事。」

葉柔輕輕搖了搖頭，就像是要轉移話題，她指著一處人聲鼎沸的地方道：

「四季王，那邊發生什麼事了？怎麼特別熱鬧？」

「我看看喔……」

葉柔指的地方，是祭典常見的射擊攤位，只要用氣槍打出的塑膠子彈命中氣球，就能得到獎品。

但與一般的射擊攤位不同，做為目標物的氣球，不斷地放大和縮小。

「這是運用了『萬物扭曲』病能的氣球射擊攤販。」

戴著貝雷帽、留著鬍子的老闆遞上一把氣槍對我說道：

「四季王要不要試試啊？」

因為看起來挺有趣的，我不客氣地接過了他遞來的槍。

可能是病能的威力不大的關係，雖然氣球不斷放大和縮小，但變化的幅度並沒有太大。

既然如此——

「那就瞄準不變的中心點——」

——砰！

槍響和硝煙同時冒出，子彈往氣球的中央處飛了去！

很好，完全命中——

就在我這麼想時，氣球發生了異變！

它中間開了一個洞，變得像甜甜圈一般，讓子彈穿過去。

「…………」

這變化也太扯了吧？

我看向老闆，他則對我露出燦爛的笑容。

……是我想多了嗎？

我搖了搖頭，重新瞄準。

——砰！砰！砰！

我連開三槍，分別打向上、中、下。

只是，不管我子彈打向何處，著彈點就會開出一個洞，讓子彈穿過去。

「喂……」

我指著氣球向老闆抗議。

「這變化是怎麼回事，該不會是一開始就沒打算讓人打中——」

「喔！太讓我難過了！」

鬍子老闆以誇張的肢體動作打斷我的話說道：

「四季王竟然覺得我是故意這麼設計，想要藉此騙普通人金錢的卑劣之人嗎？」

「不……我沒說到這個地步吧？」

「我可是偉大的四季之晴國民啊，你覺得我有可能是這麼過分的人嗎？你覺得在四季王那神聖的領導下，我有可能成為這麼腐敗的人嗎？」

「你是不是想藉著稱讚我逃避罪行啊？」

「你若指責我，就是在變相指責自己領導不周！」

鬍子老闆指著我大喊：

「因為會教出我這種人渣的！毫無疑問的也是人渣啊！」

要是從負面意義考量，這傢伙的狡辯技巧還真是令人佩服。

不過當王的時光可不是白當的，我早就熟知對付這些人的方法。

「請把你剛剛的話——」

我將身旁的葉柔推到鬍子老闆面前。

「對著眼前的葉柔再說一次。」

「我、我……」

本來伶牙俐齒的鬍子老闆面對葉柔，突然變得結巴。

沒搞清楚是什麼狀況的葉柔頭微微一偏，露出了可愛的無邪表情。

「那、那個……」

看著葉柔的笑容，鬍子老闆的冷汗就像瀑布一般從額頭流下。

差不多該給他最後一擊了。

偷偷發動病能，我操作自己喉結的肌肉，讓自己發出和葉柔一樣的聲音。

「我啊……」

配合葉柔的微笑，我以她的聲音說道：

「我最討厭說謊的人了。」

彷彿一道閃電劈在他頭上，鬍子老闆臉上的血色瞬間褪去。

——撲通！

他雙膝一軟跪了下來。

「葉柔輔佐，請原諒我！」

渾身顫抖的他低下頭說道：

「我只是一時之間被欲望沖昏了頭，所以才幹出了這種蠢事！」

「那、那個……」

面對鬍子老闆的懺悔，葉柔雙手不斷揮舞，顯然不知該如何是好。

「若是知錯。」

我繼續以假的聲音操弄狀況。

「那就把攤位調成正常狀況，之後若是有四季之雨的民眾過來，就盡心招待他們，讓他們享受病能的樂趣。」

「是，我明白了！」

「靠你了。」

我以和緩且欣慰的葉柔聲音說道：

「讓四季之晴因你而驕傲吧。」

「我知道了喔喔喔喔喔！」

鬍子老闆一邊流淚一邊點頭。

事後這人成了促進病能者和普通人交流的重要人物，為世界和平盡了不少心力，不過這都是後話了。

此刻，葉柔來回看著鬍子老闆和躲在她身後的我，就像是察覺什麼似的眉頭輕皺。

「利用妳是我不對。」

我遞上一包炸成黃金色的地瓜球給葉柔後笑道：

「這是賠罪，別生氣了。」

雖然接過了地瓜球，但葉柔還是噘起了嘴，露出有些不悅的表情。

要我說還真是神奇，這些日子她對我可是百依百順，不管我做出怎樣的行為都不會責備我，此時竟然會因為我冒充她的名義誆騙人而不開心。這反常的表現，甚至足以讓我覺得有些違和。

「四季王……」

葉柔低下頭，低聲說道：

「你是不是一直這樣子？」

「嗯？」

「我很早之前就覺得有些奇怪了，很多政務跟建設明明我沒有下過決定，最後都會以我的名義完成。」

「妳日理萬機，一時間忘了吧。」

「不是這樣的。」

葉柔輕輕搖了搖頭後說道：

「是因為你將所有功勞都推給了我。」

「沒這回事。」

「我的聲望之所以如此之高，從這點也可以獲得解釋。」

「那是因為妳個人魅力本身就很高。」

「四季王在說謊。」

葉柔看向我，露出微笑說道：

「但是我不怪你，你一定有你的理由。」

「…………」

「雖然我不希望你繼續將功勞推給我，但我接受你的道歉。」

葉柔吃起圓圓的地瓜球，露出了彷彿要融化的幸福表情。

周遭的群眾發出「喔喔！」的讚賞聲，不斷拿起手機拍照。

「真是的……」

我搔了搔後腦杓，露出了有些無奈的笑容。

再一次地，我體會到葉柔的聰慧。

她的聰穎獨一無二，和任何人都不同。

或許是因為沒有雙眼的關係，她總是將感受到的事物灌入腦中，並不斷地思考、分析。

經過這樣的程序後，她得到了僅屬於她自己的真實。

所以不管是怎樣的狡辯和詭計，只要無法說服她，在她面前就不管用。

或許，就連院長的實話都無法迷惑她吧。

「該走囉，葉柔。」

我裝作若無其事地拉起她，繼續逛著祭典；而葉柔也什麼都沒問，彷彿剛剛什麼事都沒發生。

「假設哪天季武外遇的話——」

此時，一個軟綿綿的聲音突然從身後響起。

「季雨冬會默默忍受，葉藏會從頭到尾都沒察覺，但葉柔則會在知道真相的狀況下笑著原諒這一切吧。」

「……不要說出這麼莫名其妙的比喻。」

我轉頭一看，只見神出鬼沒的雲悠然站在我身後。

她一邊咬著烤魷魚一邊說道：

「剛剛的話不是我說的，是『世界的聲音』說的。」

「『世界的聲音』會說這麼無聊的話？」

「順道一提，若是季晴夏的話會哈哈大笑，要你把外遇對象也娶了吧。」

「不，別繼續延伸剛剛的話題啊。」

雖然感覺妳說的好像都是她們會做的事。

「若是科塔的話會去問葉藏要不要一起加入，若是院長的話應該會用實話把外遇對象殺了，倘若是季秋人——」

「為什麼這邊會出現季秋人的名字！」

「咦咦——哪裡不對了？」

雲悠然歪著頭，似乎不能理解我為何要這麼激動。

我決定不再繼續跟她在這個話題上多糾纏。

此時冷靜下來一看後才發現，雲悠然的右手拿著十幾根串燒，左手則拿著飲料和裝著金魚的袋子。

「妳還真是享受祭典啊……」

「畢竟有這麼多免錢的東西可以吃啊。」

「免錢？」

我不記得有免錢的攤位啊？

「只要不付錢，就是免錢。」

「……………………」

「使用第六感，趁攤位主人不注意時拿走食物就好了。」

雲悠然抬起下巴，一副了不起的樣子說道：

「畢竟我可是『最強的霸王客』啊。」

「是『最強的人類』吧！」

「咦？是這樣嗎？」

她露出一臉驚愕無比的神情，表情完全不像是作偽。

「我說啊，妳好歹自己的設定不要忘吧！」

「我記得啊，我記得我是季武的媽媽——」

「妳很顯然不記得！」

「咦咦！那我是你的誰？」

「誰都不是，只是打過一架的關係而已。」

「我們有打過嗎？」

雲悠然彎著頭，一臉疑惑。

「我挺喜歡季武你的啊，我沒理由和你戰鬥吧？」

「……………」

這傢伙……

竟然連差點打死的對手都不記得了。

「——在那邊！」

遠處，一個人指著雲悠然。

「就是那傢伙吃東西沒付錢！」

隨著他的話，一群人朝著雲悠然衝過來，據剛剛的話推測，應該是被偷走東西的攤販們，其中有四季之晴也有四季之雨的人。

為了對抗雲悠然的白食，普通人和病能者團結起來，這真是讓人哭笑不得的情景。

「那麼，季武，有機會我們再會吧……雖然我好像沒理由和你見面就是了。」

雲悠然朝我行了一個軍禮後，以矯健無比的身手逃離了現場。

人群淹沒了她的身影，讓一切恢復到了她到來之前的平靜。

「四季王。」

葉柔拉了拉我的衣服問道：

「剛剛那人是誰？」

「是——————是什麼呢？」

「……啊？」

「總之，她就是妳以為她是什麼，但她之後就會告訴妳她不是什麼的那種什麼都不是的東西。」

「……………………啊？」

我第一次看到葉柔嘴巴因為茫然而張那麼大。

但我覺得正是我這種不明不白的解釋才明白解釋了雲悠然這個人啊……

「算了，別在意吧。」

我再度牽起葉柔的手，逛起了祭典。

雖然稍微被雲悠然擾亂了，但很快地我們就繼續沉浸熱烈的氛圍中。

活潑的四季之晴攤販應用了他們的病能，製造了很多有趣的玩樂攤位。

被「臉盲」遮住一部分的撈金魚、被「萬物扭曲」改變的套圈圈、用病能武器讓你體驗「感覺相連症」患者世界的模擬攤位。

至於比較嚴謹的四季之雨，則推出了許許多多和食物有關的攤位。

串燒、牛排、飲料、果汁店以及許許多多特色小吃。

有趣的是，不管你買什麼，他們都會附贈科塔的相片當作贈品，可以從中感受到他們對王的敬愛。

等到我察覺時，我已經趁葉柔沒注意時偷偷拿了許多張。

「真是可愛啊，科塔。」

葉柔冷不防地說了這麼一句，害得我手一抖，照片差點掉下去。

「……」

還是被她發覺了嗎？明明我都趁她在玩遊戲和吃東西時拿的啊。

「別在意，四季王。」

葉柔露出稍稍不同於平常的燦爛笑容說道：

「我也覺得她很可愛喔。」

奇怪，這是在生氣嗎？還是真心這麼說？

總覺得從葉柔身上散發出一股謎一般的壓力，是我的錯覺嗎？

「那、那個……」

面對微笑的葉柔，慌張的我眼神不斷游移，努力在人群中尋找能將話題轉移的素材。

「啊！」

結果，我還真的找到了。

那是一個衝擊性極強的場景，足以讓任何人忘掉剛剛的事。

「葉柔，妳看那邊。」

「我看不到喔。」

「那我跟妳說我看到了什麼。」

指著人群中的兩人，我說道：

「我看到了季秋人和南喔。」

只見長得和我一模一樣的季秋人推著載著南的輪椅，悠閒地在祭典中逛著。

經過一年半，本來留著俏麗短髮的南變成了中長髮，整體感覺多了一點兒女人味。但她的髮色因為之前過度使用病能的關係，所以呈現出不健康的灰色。

至於失去左眼的季秋人則將瀏海留長，蓋住了受傷的左眼，他代替行動不方便的南購買食物，兩人的互動看起來十分親近。

「秋人。」

坐在輪椅中的南抬著頭，張開小嘴說道：

「啊～」

「……」

「啊～～～～」

「南姊……妳雙手可以自由行動吧？」

「只是餵我吃這點小事，應該沒關係吧？」

季秋人陷入深深的沉默。

但最終他還是熬不過南的請求，於是他將手上的烤羊肉串餵到了南的嘴中。

「嚼嚼……嗯，真好吃呢！」

「南姊妳真是的，吃得滿嘴都是。」

季秋人掏出手帕，將南嘴邊的汙漬擦掉。

「都多大的人了，注意點好嗎——」

就在此刻，季秋人抬起頭來，和我四目相接。

就像被石化一般，他的動作瞬間靜止，全身僵硬。

「喔喔～～～」

我露出詭異的笑容，走到他們倆面前。

「喔喔喔～～～～～～～」

「……」

即使被逼到眼前，季秋人依然沒有任何反應。

面對一動也不動的他，我拍了拍他的肩膀，比出了大拇指，以再正經不過的語氣說道——

「喔喔喔喔喔喔喔喔喔喔喔喔喔喔喔喔喔喔喔〜〜〜〜〜〜〜〜〜〜〜〜〜〜〜」

「喔什麼喔啦！」

季秋人拍落我的手，一把抓起我的衣領吼道：

「有什麼想說的就直說啊！」

「那我就直說囉。」

「不，我有不好的預感，你還是別說好了。」

「兩位感情真是好啊〜〜」

我手掩嘴角說道：

「真是〜〜〜〜〜〜不錯呢〜〜〜〜〜〜〜〜〜」

「你那刻意拉長的語尾真心讓人火大！」

季秋人漲紅著臉說道：

「而、而且，我跟南姊才不是你想的那樣！」

「這不是傲嬌的標準臺詞嗎？」

「我不是傲嬌，我說的都是真心話——」

「也就是說其實你並不喜歡南？」

「也不是這個意思……」

「那你是什麼意思？」

「總之，跟你無關。」

煩躁的季秋人一個轉身，推著輪椅想要離開。

——我自然地跟在後頭。

「不准跟過來！」

「咦咦！」

「你露出這麼驚訝的表情是怎樣！總之別跟在我們後頭就是了！」

「好～～～」

「給我認真點！」

「那這樣如何？」

我輕咳幾聲後，以嚴肅的表情說道：

「我以四季王之名起誓，絕對不會再糾纏你們。」

「……這樣還差不多。」

得到我的承諾後，季秋人趕緊推著南離開。

離去前，南回過頭，雙手合十地向我露出了道歉的神情。

確定他們已經遠離後，我用公主抱的方式抱起葉柔。

「嗚耶！」

突然被我抱起的葉柔，又發出了奇怪的聲音。

「四、四季王，怎麼了？」

「也沒什麼，只是這個姿勢跟蹤季秋人和南比較方便而已。」

「……你剛剛不是才以四季王的名義起誓嗎？」

「但是想跟蹤他們的人又不是四季王——」

我露出燦爛的笑容說道：

「而是季武喔。」

「……這是詭辯吧？」

「這是從院長那邊學來的『用實話說謊』。」

我看著他們離去的方向說道：

「不過，我的目的，並不是想去打探他人隱私就是了。」

「那四季王的考量是什麼？」

「我在南的身上，看到了一縷『黑霧』。」

「咦？」

「那股黑霧很淡，要不是像我這種的感覺相連症患者，是無法發現她身上的異狀的。」

「也就是說，南姊最近可能和『人形黑霧』碰過面？」

「沒錯，但還有另一種可怕的可能性——」

我收起玩鬧的表情，皺著眉說道：

「那就是，南就是『人形黑霧』。」

時間來到黃昏。

我和葉柔隱藏自己的氣息，悄悄地跟在南和季秋人後面。

也不知為何，他們兩人走到了特區東邊的一座森林中。

因為遠離中央舞臺的關係，這邊的人煙較為稀少。

躲在樹叢中，我們靜靜地偷看他們兩人。

「南姊，妳特地叫我到安靜點的地方，是想跟我說什麼事？」

「想說一點兒往事而已。」

「往事？」

「是的。」

南點了點頭，挽起她左手的袖子，露出了上頭暗沉的火傷痕跡。

「這是我小時候受的傷，我的家人全數被病能者殺死。在那之後的人生，我加入了『滅蝶』，藉著仇恨病能者而活，那是段悲慘至極、只有殺戮的過往，就跟這道傷痕一般醜陋。」

南撫摸著左手那有如蚯蚓般的傷疤說道：

「但也多虧了這道傷痕，我才能遇到公主殿下——季曇春。」

「嗯……」

季秋人點了點頭，同時眼中露出疑惑之色，似乎是不解為何南此時要跟他說這些話。

「南是她為我取的名字，也象徵著新人生的展開，從擁有這名字的瞬間，我就決定了——之後的人生我要為她而活。」

那是名為「南」的第一段人生。

然後了結那段人生的人，是我。

在我殺死季曇春的那刻，南的人生意義也就此消失。

我摸著頭上的水晶王冠，心中浮現了季曇春的開朗笑容和我將刀子刺進她身體時的情景。

——胸口就像被挖了一塊肉似的劇痛起來。

但此時，一陣柔軟的觸感按住我的手，稍稍舒緩了這股疼痛。

我低頭一看，只見葉柔輕輕握住我的手。

「……」

還是一樣，是個敏銳過頭的女孩子。

我輕輕回握她的手，示意我沒事。

心中的疼痛依舊，但我已不會逃避這股心痛。

多虧了季曇春，我才能戴上屬於她的王冠，走到此處。

「在公主殿下死後，南的人生落幕了，接著展開的，是名為『南姊』的人生。」

南回過頭來，對季秋人露出微笑。

「為了成為你的夥伴，我成了自己原本最痛恨的病能者。」
將左腳褲管拉起來，南露出了木頭色的義肢。
「只是在這過程中，我不小心失去了左腳。」
夕陽西下，昏黃色的陽光灑在南身上，將她身上的傷痕全數曝晒出來。
每次見到南，她身上的傷就會增加。
「最後，我在『和』的地底處，因為過度使用病能而失去了下半身的行動能力。」
她是個遍體鱗傷的女孩子，一腳已踏進了鬼門關。
所以那時在「和」的深處，我才會問季秋人，你真的要救她嗎？
拖著這樣殘破不堪的身體活著，某種程度比死還痛苦。
雖然我挽救了她的命，但早已超出界限的南什麼時候死去都不意外。
多虧了季秋人的悉心照料，南才得以存活至今。
但誰都不能保證她能活多久。
我想，她自己比誰都還清楚這事。
「南姊，一切都是我的錯。」
季秋人咬牙低下頭。
「就算妳要責備我，我也無話可說。」
「不是的，我不是要責備你。」
「咦？」
「每次失去什麼，我就獲得什麼。」

儘管已殘破不堪，但南的笑容始終沒有改變。

就跟我第一次見面時一般凜然、帥氣。

看著她的笑容，我突然驚覺一件事：不管面臨怎樣的慘況，南從沒有吐出任何一句抱怨的話。

儘管在旁人眼中悲慘無比，但她大概從來不覺得自己可憐吧。

「失去了過往的人生，我得到了公主殿下賜給我的名字；失去了身體的一部分，我得到了站在你身邊的機會。」

南伸出右手，掌背上本來有的蝴蝶記號已模糊到幾乎看不清。

我突然覺得那就像是她的一生。

拚盡一切後燃燒殆盡，接著黯然消失。

「秋人。」

南稍稍側轉臉，向身後的季秋人說道：

「身為南姊的人生，也差不多該結束了。」

「結束……？」

季秋人露出茫然的神情，像是無法理解南在說什麼。

「是的，該結束了。」

南靠自己的雙手轉過輪椅，好好面對季秋人。

「這一年半的時間，我有幸和你生活在一塊，我確定了我已完成公主殿下的委託。」

露出有如姊姊般的笑容，南輕聲說道：

「你已成長為一個出色至極的男人。」

「————！」

突如其來的認同，讓季秋人有些發愣。

「所以，我才不想用身上的傷痕和罪惡感綁住你。」

映著夕陽，她露出淡淡的微笑說道：

「我不希望你和我一樣，總是為了一個人而活，落得這樣悲慘的下場。」

聽到此言，葉柔握著我的手陡然縮緊。

在場的人，都明白了南想做什麼。

——這是道別。

她想和季秋人告別。

「再見了，秋人。」

南搖曳著彷彿燒成灰燼的灰色長髮說道：

「願你之後有屬於自己的人生。」

她乾脆地驅動輪椅轉身離開，彷彿沒有一絲留戀。

「等一下，南姊！」

從震驚中恢復的季秋人趕緊追上去，但是——

「——別過來！」

南突然的大吼，定住了季秋人的腳步。

「若你有那麼一絲感念我為你所做的事，就別過來！」

「為什麼……？」

「我這輩子都在為他人而活，最後剩下的時間，我想要找尋自己的人生。」

背對著季秋人的南緊握著拳頭，彷彿使盡全身力氣說道：

「所以——別過來！」

彷彿被她的嘶吼傷到，季秋人張開了嘴，卻什麼話都說不出來。

「四季王……」

「嗯。」

就連看不見的葉柔都察覺了。

南是在說謊。

只要季秋人願意往前走幾步，就能輕易地發現——

總是背對著季秋人的南，正緊緊咬著下嘴唇，不讓自己的哭聲流露出來。

「南她大概是察覺了，自己已時日無多。」

「所以，為了不讓秋人先生再度目睹重要的人逝去，她選擇在這時離開他嗎？」

「嗯……」

即使是到最後一刻，南依舊在為季秋人著想。

「她怕自己的死，再度束縛住季秋人。」

「怎麼會……」

溫柔的葉柔，眼中浮現了淚水。

「這樣……也太過悲傷了……」

除了季秋人外，誰都明白了。

南一點兒都不想要一個人孤獨死去。

但為了季秋人，她願意再度承受一道傷痕。

「總之，別過來。」

南以艱難的動作推動輪椅，遠離季秋人。

「別過來……」

雖然像是在阻止季秋人，但我覺得那句話也像是她的哀求。

想必只要季秋人開口，南就會停下腳步吧。

但最為關鍵的季秋人還是什麼都沒察覺。

他的腳就像黏在地上，一步都動不了。

眼睜睜看著這幅心痛的情景，讓我急得幾乎要衝出去——

「……咦？」

但在我這麼做之前，一股寒意阻止了我。

——我猛然轉頭一看！

只見「人形黑霧」默不作聲地站在我身後，距離近得幾乎要碰到我。

別說防備了，我甚至完全不知道他是什麼時候來的。

若是他有心要殺了我……

一念及此，我的心就像浸了冰水般冰涼。

「四季王……」

葉柔拉動我的衣服，指著前方說道：

「好像有點……不太對勁……」

在我目光移開的短短一瞬間，異變再度發生。

就像火山爆發，大量的黑霧從地板處噴發出來。

這些黑霧聚集成一塊，往南的方向飛了過去——

「南姊！」

隨著季秋人的悲鳴，南的身影被黑霧完全吞沒！

就像被黑霧控制，本應無法站立的她，緩緩地從輪椅上站起來。

「為什麼……」

我知道「人形黑霧」會隨機出現在他人面前，讓人感染「黑霧病」。

「但為何……是南？」

沒有任何人回答我的疑問。

我轉頭一看，只見身後的「人形黑霧」已完全消失，彷彿從來沒有出現過。

「啊……」

黑霧南雙手抱著頭，仰頭喊出了不像是人類的嘶吼。

「啊啊啊啊啊啊啊啊啊啊啊啊啊啊啊啊啊——————！」

就像是在恐懼什麼，她以遠超人類體能的動作躍起，跳到了樹上。

在樹頂幾個縱躍後，她很快地就消失在我們的視野中！

「葉柔！」

我馬上站起身說道：

「馬上回到活動會場！不管用什麼方法都無所謂，吸引大家的視線，不要讓大家發現到異變。」

「收到，四季王萬事小心。」

也不用多餘的解釋，和我相處一年的葉柔馬上就理解了我想做什麼。

招來機械蝴蝶，她在蝴蝶的幫助下乾脆地離開森林。

「季秋人。」

我走到跪在地上、彷彿失去靈魂的他面前。

「要怎麼對待南，是你的自由。」

你還沒發現嗎？

你和南之間，已再無其他人可以介入的空間。

「可是——」

——**「我愛你，武大人。」**

我的腦中浮現了雨冬最後那染滿血的微笑。

「若是你有任何想說的話，請記得一定要向南傾訴。」

因為一旦錯過，說不定就一輩子無法說了。

「什麼嘛……一副了不起的樣子。」

聽到我這麼說，季秋人乾笑道：

「你現在是以王的身分在教訓我嗎？」

「才不是。」

我搖了搖頭後說道：

「我剛剛的話，不是以四季王，也不是以季武的身分說的。」

看著他的雙眼，我認真說道：

「那只是一個過來人的話語。」

——**「奴婢的一生，已然無悔。」**

「我什麼都沒回應雨冬。」

不管是心意還是感謝，我一句話都沒說。

「對此，我感到後悔無比。」

因為時間緊迫，我並沒有在季秋人面前再多待。

該說的話已說盡，我相信他能理解我想說什麼，剩下要怎麼做，是他自己的事。

「找到了……」

使用三感共鳴，我很快地就發現了南的所在。

她正以高速向西方奔跑，目的地是四季之雨嗎？

所幸祭典一開始設下的保險發揮了作用，雖然不少人看到了被黑霧纏身的南，但都以為是祭典活動的一部分，所以並沒有引起恐慌。

相信有葉柔在舞臺部分坐鎮，混亂應該不會進一步擴散才對。

無數的疑問在我追逐南時從腦中浮現。

到底「人形黑霧」是誰？

為何下半身癱瘓、少了一隻腳的南突然可以自由行動了？

而且，仔細想想，不管是「人形黑霧」還是「黑霧病」都出現在四季之雨中；相反的，我的四季之晴反而一點兒事都沒有。

「也就是說……『人形黑霧』都是針對普通人下手？」

若這個推測正確，黑霧纏上南也就得到了解釋。

因為現在的南已不是病能者。

經歷許多次重傷的她，已無法再使用病能。

「南。」

經過約莫十分鐘後，我終於追到了南。

聽到我的呼喚，她停止了腳步。

我們現在所在的地方，是祭典特區西側的圍牆上。

足足五十公尺高的牆，寬度約莫半公尺，僅有一個人之寬，要是一不小心失足跌下去，肯定會粉身碎骨。

「『臉盲』、『萬物扭曲』。」

我操作機械蝴蝶，用這兩種病能圍住了我和黑霧南，以免被其他人看到。

黑霧南以靜默的站姿背對我，什麼行動都沒有。

但是從她身上，我感受到了一股巨大的壓力。

「雖然四季王因公缺席，但大家期待的武術大會還是照常展開！」

遠處，隱隱傳來了主持人巫濡的聲音。

看來祭典還是順利進行下去，真是太好了。

難得通過了預賽，本來還想和各方英雄打一場熱鬧的架給大家觀賞的，但現在看來應該是趕不回去了。

「究竟四季中最強的人是誰呢？結果馬上就會在接著的賽事中揭曉！」

黑霧南緩緩轉過身來。

不祥的黑霧纏繞著她的身體，但跟「人形黑霧」不同，她身上的黑霧濃度並不足以完全遮蓋她。

黑霧在她身體四周不斷扭動，讓她就像披上了一層薄薄的黑霧薄紗。

她以喪失意識的漆黑雙眼看著我，對我擺出了攻擊姿勢。

「看來……」

我脫掉身上的白袍，擺出了應戰的架勢。

「僅屬於我的武術大會正賽，要在此時開始了。」

高處的寒風，吹得我們兩人衣服劈啪作響。

南是個狙擊天才，與她的對戰一言以蔽之——就是「距離」的戰鬥。

一旦被她拉開距離，即便是我都會陷入苦戰。

我仔細觀察南，她穿著長長的咖啡色風衣，裡頭應該藏著手槍之類的武器，但我們現在僅隔著約五步的距離。

這個距離屬於近身搏鬥，刀之類的武器遠比槍有利。

也就是說——這場戰鬥在開始前，我就已占據了絕對優勢。

「我在此宣布——武術大會正賽開始！」

以巫濡的宣言為信號，我衝向了黑霧南！

仔細看著她的手。

開槍需要舉槍、瞄準、扣下扳機。

這段過程就算是再熟練的槍手，也需要至少零點五秒的時間。

只要在那一剎那衝進她的懷中，這場戰鬥就能瞬間結束——

——鏘！

一個清脆響亮的聲音從南的手中響起，同時也切斷了我的所有預想。

「痛！」

我反射性地側過臉，但因為完全出乎我的預料，我還是來不及閃避。

一道銀色的閃光擦過我的臉頰，劃出了一道銳利的傷痕。

「咦……？」

完全沒有舉槍、瞄準、扣下扳機之類的準備動作？

——鏘！

又是一道清脆的聲響。

「兩感共鳴！」

這次我有防備了，於是伸手將襲來的「某物」接住。

「某物」的力道非常巨大，我都要誤以為它把我的手打穿了。

我打開手掌一看——

「天啊……」

竟然是「硬幣」。

南將硬幣放在大拇指上，蓄力後將其彈出，讓硬幣有了不亞於手槍子彈的威力。

「這得要有多恐怖的指力啊！」

即使沒有手槍、沒有病能、沒有拉開距離——

名為南的狙擊手也是完美的。

——唰！

南一個甩手，一疊硬幣從她的袖子中滑出，落入她的手掌中。

目睹彈匣裝填完畢的瞬間，我的背脊為之一涼。

明明南的手上一把槍都沒有，我卻有種被機關槍瞄準的感覺。

——鏘！

又是一道銀光從她的手中射出，快得幾乎讓人看不清。

我一個後仰，閃過朝額頭直奔而來的硬幣。

——鏘！鏘！鏘！鏘！鏘！鏘！

永不止歇的硬幣朝我襲來，銀色的閃光就像霰彈槍一般籠罩了我。

不過短短幾秒鐘，特區圍牆上方就千瘡百孔，像是被轟炸過一般。

「明明只有五步的距離……」

——卻像是五公里那麼遠。

不管怎麼努力都無法前進，身上的傷痕反倒因為南的攻擊而越來越多。

我失算了。

我本來以為這樣的距離對我有利，殊不知這反而讓我陷入了絕境。

距離越近，反應時間就越短。

圍牆上的寬度只有一個人那麼寬，這逼得我根本無法朝左右閃避。

「那麼，拉開距離——」

我幾個後手翻，爭取重整態勢的時間——

——砰！

「嘖！」

我煩躁地咂舌，同時躲過襲來的子彈。

一旦距離足夠，南就會從風衣中掏出手槍。

不管是近距離還是中距離都不行，當然，遠距離更是正中她下懷。

「那麼——這樣如何？」

開啟三感共鳴，我擺出起跑的姿勢，將力量集中在腳底處——踏！

——砰！

轟然巨響從我腳下炸裂，特區的圍牆被我踏崩了一大塊。

我就像一顆人肉子彈衝向了南！

南左手持槍，右手持硬幣，朝著直線衝向她的我不斷攻擊。

大量的鉛彈和金屬硬幣填滿了我的視野！

「喝！」

我朝地上用力一踏，再度踏崩了腳下的石牆。

就像朝著蓄滿水的水坑踩踏，無數的石塊濺起，擋住了襲來的無數子彈，就算偶有幾發漏網之魚，我也用硬化的右手擋住，不讓它打到致命部位。

距離瞬間化為零！

我逼到南的面前，舉起了手掌，準備往她的下巴打去。

就在我以為自己已經勝利的瞬間，一個完全出乎我意料的情景發生了！

南將手上的槍和硬幣全數丟棄，從懷中掏出小刀。

她緩緩地正坐下來。

「等一下，這該不會是——」

巨大的恐懼攫住了我，讓我幾乎要停止呼吸。

「『靜之勢』。」

一道絕對不可侵犯的圓以南為中心展開，將我逼了出去！

我和南再度回到了五步的距離。

「妳、妳怎麼會用『家族』的招式？」

錯愕無比的我問道，但南沒有回答我。

「啊啊……」

抱著頭，她喊出了活像野獸的嘶吼聲。

「咿啊啊啊啊啊啊啊啊啊——————！」

她身上的黑霧就像投入了柴火，旺盛地燒了起來。

「三、三感共鳴——！」

隨著她的大吼，瞳孔變成了三的南從懷中掏出新的槍和硬幣。

右手掌背本來暗沉的蝴蝶印記變得鮮明起來，就像是要展翅飛翔！

看著發光的蝴蝶印記，我簡直不敢置信。

「病能……竟然恢復了？」

「啊啊啊啊啊啊啊啊啊啊！」

南一邊痛苦地喊叫，一邊朝我攻了過來。

距離已經不再有意義。

中距離用硬幣，遠距離用槍械。

一旦我靠近，就用「靜之勢」將我逼開。

全部，都是南擅長的戰鬥距離。

「嗚……」

我感到非常吃力。

若是使用第六感或是開到更高程度的感官共鳴，我或許就能解決掉南。

但是現在身為四季王的我，把大多數的病能分到了整個四季中。

我必須維持「家人製造」的病能，也不能撤掉偵測整個四季的「感官共鳴」。

要是解除這兩個病能，潛藏在人心中的恨意就會再度冒出，動亂和暴動也會隨之發生。

若將現在的自己比喻成電腦，我就是嚴重的「CPU不足」。

背負著整個四季的我，最多只能拿出百分之三十的實力。

但只有三成，根本不足以應付南這樣的高手。

——啪！

此時，一道奇異的聲音響起。

聲音的來源處是南左腳的義肢。

我低頭一看，只見她的義肢因為承受不住過多的運動量，已經產生了裂痕，與大腿的連結處也流下了鮮血。

「南！別再戰鬥了！」

妳的壽命本就所剩無幾。

現在的消耗，只會讓妳更快地走向終點啊！

「啊啊——」

身不由己的南不斷大喊。

「『刪除左邊』啊啊啊啊啊啊啊啊啊啊啊啊啊啊啊啊！」

黑霧纏繞住她的左半邊身子！她側過身子，讓延伸的黑影朝我襲來，我趕緊跳起閃過。

趁這段空檔，南再度緩緩正坐。

「靜之勢」？在這麼遠的距離？

「『靜之勢』——」

時間停止了下來，接著——

「『萬物扭曲』。」

兩個招式合在了一起！

絕對的防守圈扭曲、變形，陡然擴大！

只要被捲進去，想必就會被切碎吧？

但是，這竟還不是終點——

「還有『臉盲』啊啊啊啊啊啊啊！」

三種招式加在了一塊！

刀光染上了黑影，變得目不可視。
南接連使出不屬於她的病能，越戰越強。
看著朝我直逼而來的黑暗，我的心中突然浮現了兩個字。
──「恐懼」。
深深的恐懼。
「看來是沒辦法了……」
我伸出手，準備收回遍布四季的病能，拿出自己真正的實力對抗南。
──啪！
南左腳的裂痕越來越多。
淌下的鮮血也染紅了她的義肢。
她的身影幾乎要被黑霧覆蓋，眼看就要變得跟「人形黑霧」一樣。
看著化身恐懼代名詞的她，我本來舉起的手就像結凍般停在半空中。
「不行……」
要是認真和她戰鬥，說不定會讓她本來微弱的生命之火就此消逝。
這裡只能賭上一把了。
我撤掉所有病能，讓自己變得毫無防備。
只要走錯一步，就是死。
不可視的刀光劃到我的身上，讓我的肌膚被割裂，鮮血從中綻出，但我仍努力讓自己沉浸在想像中。

「——南姊。」

我的這聲呼喚，讓南的動作突然停了下來。

「南姊，妳知道嗎？」

用瀏海遮住左眼，我微皺著眉，露出倔強的神情。

我的長相和身材本就跟季秋人一樣，所以只要調整一下氣質，很快就能化身為他。

我期待南會因而回過神來。

我緩緩地往前走，五步、四步——

「至今為止，我給妳添了很多麻煩。」

我一邊說一邊思考。

什麼話才能打動南？什麼話語才能觸動她的心弦？

我們之間的距離，僅剩下三步。

「我是季武的失敗品，本就不該擁有自己的人生。」

但就算複製了季秋人的性格和行動，我依然少了和南共度的時光。

我不知道下一句該說什麼。

我不知道哪句話足以深入她的心。

看穿了我的猶豫，就在僅剩兩步時，南身上的黑霧再度變得旺盛。

「果然……還是不行嗎？」

看著朝我舉起槍的南，我嘆了一口氣。

到這地步，只好不顧一切地衝上前——

「你別太過分了！」

突然從後領處傳來一股大力，讓我不由自主地朝後方飛去。

「你到底想對別人的姊姊做什麼！」

突然出現的季秋人將我扯開，以迅雷不及掩耳的速度跑向南。

——砰！

火花綻放，被黑霧控制的南對著季秋人扣下了扳機。

「危險啊——！季秋人！」

「不用你多事！」

和我不同，季秋人沒有防禦也沒有閃避。

他義無反顧地往前跑。

子彈不斷地在他身上打出洞來。

但不管受到怎樣的傷害，即使腹部被子彈貫穿、鮮血從中大量噴出，他依舊沒有停下前行的腳步。

「拯救南姊是我該做的事，不——」

季秋人一邊大吼一邊緊緊抱住了南。

「——是只有我才能做的事！」

——啪！

南的左腳義肢轟然崩裂！

就像被季秋人的緊擁驅逐，蓋在南身上的黑霧迅速消散。

飄散的黑霧往牆下竄去，鑽到了地底處。

「地底……？」

黑霧的行動，讓我隱隱約約想到了什麼。

但就在我想繼續深思下去前，季秋人的大喊打斷了我。

「南姊！妳還好嗎？」

季秋人抱著氣若游絲的南，著急地喊道：

「南姊！回答我啊！」

「讓開，我看看！」

我將季秋人推開。

若只是一瞬間的話，應該沒關係的。

發動「五感共鳴」，我開始探察南的身體。

「季武，怎麼樣？」

即使腹部被開了一個看了就疼痛的洞，但季秋人就像沒感覺般向我懇求道：

「不管要我做什麼都可以，拜託你救救南姊！」

眼前的一切盡數融解。

我將南的刀子斬碎，專心地對南施起手術。

過了五分鐘後。

「並沒有什麼大礙。」

畢竟，我剛剛都是在防守，根本沒有在進攻。

「只要靜養一陣子，就能復原了。」

「太好了……」

可能是因為放心而脫力，季秋人雙膝一軟，抱著南跪倒在地。

看著緊擁的兩人，我將下一句話藏在心中。

雖然沒受什麼傷，但南本來就很勉強的身體因為剛剛的戰鬥而消耗得更加嚴重。

不管做什麼……她的壽命都不會超過一年。

「真是一點兒都不聽話的弟弟啊……」

南緩緩睜開眼說道：

「我不是叫你別過來嗎？」

雖然話這麼說，但被季秋人抱著的南，露出了幸福且安心的笑容。

「秋人啊……」

南抬起顫抖的手想要摸季秋人的臉龐，但中途就因為力道不足而墜落。

──季秋人一把抓住了那隻手。

「為一個人而活……被一個人所束縛，是件危險無比的事。」

遍體鱗傷的南，像是以她的模樣全力述說著她的話。

「因為你的喜怒哀樂都繫在了那人身上，只要他倒了，一切就結束了。」

南的話讓我想到了雨冬。

就是因為她只看著我一個人，所以才在我陷入危機時，乾脆地獻出生命。

但若是可以，我是多麼不希望她這麼做。

「我不希望你和我落得一樣的下場。」

南緩緩說出了她曾說過的話。

「我的結局，就是做為姊姊的我，能送給你的最後禮物。」

聽到南這麼說，季秋人陷入了沉默。

過了良久良久後，他說道：

「南姊，只要妳回答我一個問題，那接著不管妳的要求是什麼，我都會照做。」

「什麼問題？」

「妳的人生就和妳現在的身體一樣悲慘——」

季秋人仔細看著南的雙眼，緩緩問道：

「但是，對於妳的人生——妳可曾後悔過？」

「…………」

「回答我，南姊，總是為了一個人而活，妳可曾後悔過？」

「怎麼可能啊……」

南咬著牙說道：

「認識了公主殿下和你，我的人生怎可能用『悲慘』去定義。」

「嗯……」

「就算失去了過去的名字、就算失去了無數肢體、就算將剩餘的生命全都燃燒殆

盡──

「能遇到你和公主殿下，是我人生中最幸福的一件事了。」

「那麼，我也一樣。」

季秋人再度緊緊擁住南。

「不管落得再悲傷的下場，我都願意為了妳一人而活。」

「咦……？」

「因為，僅為南姊而活的人生──

「──就是季秋人最幸福的人生了。」

南先是一愣，接著雙眼流出了淚水。

「放開我……」

「要是我放開了，妳又要逃走了對吧？」

「為何總是這樣呢……真是個傷腦筋的弟弟……」

南一邊這麼抱怨，一邊緩緩舉起雙手，回擁住季秋人。

「看來，我還是得陪在你身邊照顧你啊……」

看著相擁的兩人，識趣的我緩緩轉身離開，將時間留給他們。

他們相處的時間已所剩無幾。

就像南說的，或許現在分道揚鑣，對季秋人才是一件好事。

但是看著南那彷彿被救贖的笑容，我不禁相信季秋人的選擇是正確的。

因為，那個笑容和雨冬最後的笑容無比相似。

「那時的妳……也是這樣的心情嗎？」

是不是達成了妳所期望的目標，所以妳才露出這麼滿足的笑靨呢？

我一邊沉思一邊向舞臺區走著。

但就在要跳下圍牆的那刻，我的面前再度出現了「人形黑霧」。

「你有沒有想過一件事呢？」

「人形黑霧」吐出了不屬於這個世界的奇異聲音問道：

「為何季晴夏要製造病能者？製造這麼多如南一般的悲劇？」

「晴姊是為了拯救世界，才創造了病能者出來。」

為了不讓人類腦中的「恐懼炸彈」爆炸，她製造了與人類相似的群體。

「但是，世界因此陷入了混亂，引發了第三次世界大戰，無數人也因此而死去。」

「……那也是沒辦法的事。」

為了拯救世界，晴姊選擇成了「必要之惡」。

「真的是如此嗎？季晴夏為何不跟現在的你做一樣的事就好？」

「跟我一樣的事？」

「將這個世界分成兩邊，一邊屬於病能者，一邊屬於普通人，藉由鋪滿腳下的『恐懼結界』隔離兩方，這樣不就能在維持和平的前提下拯救人類了嗎？」

「……」

世界恢復穩定後，我的心中確實有過這樣的疑問。

我都做得到這樣的事了，晴姊不可能做不到。

那麼，她為何沒有這樣救世？

是不是我這樣的救世之道，潛藏著什麼可怕的憂患呢？

「該不會……」

看著眼前的「人形黑霧」，我隱隱約約有了一個想法。

是不是因為我犯了什麼錯誤，所以才讓這樣的不明存在跑了出來？

「明明伏筆都已經埋好了，但就是無人能理解季晴夏想做什麼呢。」

無人能理解，孤世的天才。

即使是成為王的現在，我也還是遠不及她嗎？

「不管你做什麼都是徒勞的。」

「人形黑霧」緩緩說道：

「結束的時刻已近，你很快就會知道病能的真正意義。」

「你到底想做什麼？」

「……」

「病能者計畫到底是什麼？」

就跟之前一樣，只要一觸及到核心問題，「人形黑霧」就會閉口不言。

「那麼告訴我一件事就好……南會變成這樣，是你搞的鬼嗎？」

「真要說的話，我什麼都沒做。」

「啊？」

「但是她剛剛的樣子，證明了我之後要做的事必定會成功，所以就算你把錯都歸在我身上也沒關係。」

「………………」

我與「人形黑霧」在圍牆上互相對峙，一時之間沉默無語。

看著神祕至極的他，我——

「呵……」

——不禁露出了笑容。

「？」

我從容的笑容，讓「人形黑霧」身上的黑霧抖動了一下。

「別以為事情總是能照你想的運作。」

我已不是過去的季武！

我不會被這樣的話語擊倒！

「別小看我！」

只要你出現在我面前，那就是我的勝利！

甩動身上的白袍，我對著「人形黑霧」舉起了手。

「現在站在你面前的，可是統率四季的王啊！」

我的瞳孔變成了五。

在這瞬間，我感到「人形黑霧」產生了動搖。

就像是想要逃跑，他逐漸消散在空中——

「來不及了！」

我要——理解你！

「五感共鳴——！」

「人形黑霧」在我面前融解、重組！

「原來如此啊……」

我終於理解了「人形黑霧」是什麼，也知道為何所有人都找不到他了。

Chapter 4 不可理解之物

這是一段確實記載在歷史上的事件。

英國的著名航海探險家，庫克船長（Captain Cook）曾在冒險途中登上幾個偏遠的島嶼。

島上的土著明明看到停泊在海岸邊的大船，但當你問他們那裡有什麼時，他們卻異口同聲地回答：「那裡什麼都沒有。」

這是個非常詭異的回答。

明明船就在他們面前，但他們卻說那裡空無一物，只有一片蔚藍的大海。

庫克船長本以為是聽錯或是誤會，但實際調查後，他發現了其中的原因。

在這些土著的人生中，從沒有任何概念可以解釋這個未知的龐大事物，不知該如何反應的他們，將這樣的事物排除在意識外，回答那裡空無一物。

也就是說——

因為過度無法理解，所以無法看見。

「纏繞在『人形黑霧』周遭的黑霧，就是名為『不可理解』的認知。」

「原來如此，難怪不管誰都找不著他。」

聽到我這麼說，裏科塔點了點頭。

「就算你碰到、看到了『人形黑霧』，也會因為無法理解的關係，將他的存在從認知中刪掉。想來只要他不願意現身，你就永遠無法發現他吧。」

所以我才在「人形黑霧」出現在我面前的一瞬間空檔，開啟了五感共鳴，理解了「人形黑霧」是什麼。

當我發現此事後，我趕回祭典的舞臺區，和裏科塔商討接下來應該怎麼做。

不過因為坐在舞臺正前方的貴賓席，我和裏科塔只能在不引人注目的狀況下偷偷說話。

「那麼，季武你有看到黑霧裡頭的事物嗎？」

「很可惜，沒有。」

就在我想要更深入探詢黑霧中隱藏著什麼時，「人形黑霧」就跑走了。現在的我能維持五感共鳴的時間並不長，所以沒有辦法捕捉到他之後往哪個方向走。

「你所說的我都理解，但若真如你所說，那就有很多很奇怪的地方了。」

裏科塔皺起細細的眉毛，滿臉不解。

「比方說什麼？」

「只要他不願意現身，那就永遠不會有人找到他，那麼——他為何會被四季之雨的蝴蝶捕捉到，留下影像？」

「可能是剛好做什麼事情時，一不小心被照到？」

「『人形黑霧』的『不可理解』，強大到讓我和你完全找不到，很難想像他會露出這麼輕率的破綻。」

裏科塔一邊把玩手上的扇子一邊說道：

「而且，『黑霧病』又是怎麼回事？」

「不就是『人形黑霧』傳染的嗎？」

「黑霧是『不可理解』，那傳染給普通人也太奇怪了吧？」

「沒錯……」

「而且，就算退一百步想，那種黑霧真的會傳染，那罹病的人應該也會消失吧？」

「……妳說得對。」

聽裏科塔這麼一說，才發現疑點真的很多。

那個「黑霧」名為「不可理解」，只要被罩到，就會從人的理解和認知中割除，就此消失在這個世界上。

若罩在患者身上的黑霧是「不可理解」，我們應該會完全看不到罹病的人才對。

「所以……得到『黑霧病』的人，他們身上的黑霧和『人形黑霧』身上的黑霧是不同的東西？」

「很有可能。」

裏科塔點了點頭後說道：

「看來，我得加緊腳步調查和分析黑霧病了。」

「說到這個，我對『黑霧病』有一個想法。」

回想剛剛和南的戰鬥，黑霧從地底而出，之後也從地底消失。

那麼，若我沒料錯，黑霧的真身應該是——

我悄悄在裏科塔的耳邊將我的想法說給她聽。

「原來如此，確實有可能。」

她連連點頭，但緊接著又抱起扇子思索。

「但是……為何會有這種情況呢？」

「我一時之間也想不透。」

「之前調查黑霧病之所以有困難，是因為不知道那是什麼病能，但聽你這樣一說，範圍就縮小了，大概再一、兩天就會有結果。」

裏科塔叫來機械蝴蝶，對它進行吩咐。

「四季王。」

趁這個空檔，站在我身後的葉柔拉了拉我的衣服，向我悄聲說道：

「我知道現在的你沒空搭理祭典的事，但我還是想跟你說，第一場武術大會得勝者是『四季之雨』的人，接著我們該怎麼辦才好？」

「嗯……。」

我看著舞臺上熱鬧的頒獎典禮，只覺得煩惱越來越深。

「以壓倒性的實力將大家全數解決，不過短短幾秒鐘就得到了冠軍！讓我們一同鼓掌恭喜四季中最強的人——」

主持人巫濡拉起冠軍的手說道：

「——**雲悠然小姐！**」

「耶～～～」

雲悠然雙手高舉，下巴抬起，一副了不起的模樣。

「對拿到冠軍一事，妳的感想是如何？」

「只用一隻手就贏了，所以實在來不及有什麼感想。」

聽到雲悠然這麼說，四季之雨的人民爆出了震天的歡呼；至於四季之晴的人民則一臉不悅地瞪向我。

他們在責怪我無故缺席，連帶的讓葉柔也無法參賽。

在我和葉柔雙雙缺席的情況下，雲悠然拿到冠軍可說是毫不費力。

「喂……」

我用手肘頂了頂身旁的裏科塔。

「派『最強的人類』參賽，這也太過分了吧。」

「雲悠然是普通人啊，那麼代表四季之雨出場也一點兒問題都沒有吧。」

「她可是連五感共鳴的我都無法應付的傢伙啊。」

「所以我才派她。」

「…………」

看著露出得意微笑的裏科塔，我沉默了下來。

即使在黑霧問題還沒解決的現在，裏科塔對勝負依舊是認真的。

現在比數是一比零。

要是無法在晚上的選美大賽中得勝，我就無法如願將勝負拖到第二天。

「你似乎為第二天做了很多準備。」

裏科塔用扇子遮住嘴角，若無其事地說道：

「那些『人偶』是做什麼的呢？」

「…………」

「你雖盡力遮掩了木料和鐵料的入境數字，但因為做得太漂亮，反而會讓人覺得不對勁喔。」

「果然瞞不過妳啊……」

我摸了摸後腦杓，有些無奈地說道。

雖然我本來就覺得應該瞞不過裏科塔。

「『人偶』？」

站在我身後的葉柔，以可愛的模樣微微歪著頭。

「反正都到這地步了，我就直說吧。」

我招來機械蝴蝶，讓他們停在葉柔的手指上，輸入影像。

「有看到嗎？」

「這彷彿百貨公司的假人模特兒是……？」

「我之前委託南，請她暗中召集一些人，幫我做了這些『人偶』。」

以鐵為骨、木頭為肉，我做了約莫一千具與人類等身大小的「人偶」。

「這些『人偶』我偷偷藏在王宮的地底下，沒有讓任何人知道。」

「四季王瞞著我的事還真多啊。」

「我不是有意的——」

「我也沒在意啊。」

雖然嘴上這麼說，但葉柔還是露出了燦爛到讓我膽寒的笑容。

「……妳生氣了？」

「我怎麼可能對四季王生氣呢？我覺得應該是我做得不夠好，四季王才不願意把事情告訴我。」

葉柔手握著拳，為自己打氣說道：

「我會為四季王做更多的，終有一天會讓你認可我。」

「……喔。」

本來以為葉柔和雨冬一樣，是奉獻型的類型，但相處久了，會發現她們其實南轅北轍。

舉個例子，若是發現我的某個行動讓她們不開心。

雨冬會笑著步步進逼，逼我下次不會再犯。

但葉柔會開始反省自己，真心認為是自己的問題，使得你因為罪惡感和疼惜她而自律。

「簡單說，雨冬將死你是循序漸進，但葉柔的狀況是，你已經被將死了才察覺。」

裏科塔一邊搖著扇子，一邊下了結論。

「不是這樣的，我沒有要逼迫四季王的意思。」

葉柔拚命搖著手說道：

「是我拖累了他，為了配得上他，我會努力成為一個更好的女人的。」

「…………」

這不斷增加的壓力是怎麼回事？我連它是從哪兒來的都不清楚。

「總之呢，這些人偶是我為了第二天的『特別活動』準備的。」

不想再去深思的我趕緊轉移話題。

「我想遠端操控這些人偶，並讓所有參加祭典的人去打倒它們，並用最後打倒的數量來評斷勝負。」

「原來如此，感覺會很熱鬧，而且全民都能參與。」

裏科塔馬上就理解了我想做什麼。

「人偶設計成必須普通人和病能者一起合作才能打倒，我想藉這種小機關，增進雙方的情誼。」

「很不錯的想法。」

「所以可不可以——」

「不行。」

看穿我想說什麼，裏科塔馬上打斷了我的話。

「季武，『僅存實話』是我唯一的設定，也是我絕對不能違反的禁則。」

「嗯……」

「所以，我無法故意退讓，在選美大賽上放水。」

「我知道了……」

「要是四季之雨在選美大賽贏了，那祭典就在今天晚上結束，你的費心準備也會全數白費。要是不想變成這樣，那就想辦法打敗我國的參賽者吧。」

「我明白了。」

我並沒有沮喪，畢竟我早就料到會是這樣。

雖然我不能參加選美大賽，但為了防止連輸兩場，我也事先做了不少準備。

選美大賽一國只能派兩人，並由專業的裁判和現場觀眾進行投票。

在這樣的制度下，只要派出的人選適當，我們也有獲勝的機會。

畢竟這不是武術大會，對方應該沒有像是雲悠然一般，絕對能取勝的 BUG 存在。

「順道一問，你們選美大賽的參賽者是誰？主持人巫濡嗎？」

若是她的話，我也準備了四季之晴知名的偶像與之對抗。

「不，她是主持人，不能參賽，我國選美大賽的參賽者是——」

裏科塔逐漸變得面無表情。

「（萬歲）」

她以喪失表情的狀態雙手高舉。

「…………」

我從來不知道，欣喜若狂和毛骨悚然是可以同時並存的存在。

但是看著眼前的小女孩，這兩種情緒竟同一時間從心中冒出來。

我期待看到她——但我是多麼不希望在此時看到她。

「該不會，四季之雨的參賽者是……？」

「（雙手扠腰）」

我面前的科塔挺起單薄的胸膛，以一副了不起的模樣指了指自己。

完了，輸定了。

「竟然是科塔代表四季之雨參賽。」

崩潰的我在舞臺區的後方說道：

「這該怎麼辦才好……要是二連敗，第二天的活動就不能舉辦了。」

「四季王，別那麼悲觀。」

葉柔在我身旁安慰道：

「比賽還沒開始，我們準備的偶像也不一定會輸給科塔。」

「不，一定會輸的！」

我抱著頭大喊：

「跟科塔一比，其他女人的魅力根本不算是什麼。」

「不，這也太誇張。」

「不如說除了科塔外，其他人根本不算是女人！」

「…………」

葉柔微微後退，露出了不敢恭維的神情。

但她還是咬著牙，像是忍耐什麼的說道：

「科塔雖然很可愛，但她畢竟是個小女孩，身材和臉蛋沒有那麼成熟——」

「就是這樣才棒啊！」

「…………」

「就是那種未發育完全的樣子才棒啊！」

看著握拳大喊的我，葉柔就像被石頭砸到一般愣在當場。

不知為何，她緩緩舉起雙手，交叉護住了自己的胸。

「妳有仔細看過科塔的模樣嗎？妳有注意到她那有如嬰兒般粉嫩透明的肌膚是多麼完美嗎？妳能體會她的身軀雖起伏不大，但其中蘊含的幼女純真和少女豔麗是多麼豐沛嗎！妳究竟知不知道她是多麼可怕的對手啊！應該說要是有人敢覺得她不可愛我就把他做了！」

隨著我的不斷進逼，葉柔不斷退後，最後退無可退地縮到了角落。

「四、四季王，我知道了，你冷靜點。」

「我很冷靜，我現在正冷靜地思考，要怎麼在比賽前把科塔神不知、鬼不覺地綁架，監禁在我的房間中。」

「…………」

聽到我這麼說，葉柔露出死掉的眼神。

她不斷低喃：「我是四季王的輔佐我絕對不能動搖絕對不能瞧不起他絕對不能不喜愛他——」

這種彷彿催眠自己的話語是怎麼回事？

「總之，剛剛的話有二成是開玩笑的。」

「原來有八成是認真的嗎？」

「要是再不想點辦法，我們真的會在選美大賽輸掉的。」

「但若真的如四季王所說，科塔的魅力如此超群，那麼我們這邊該派誰應戰才好呢？」

「關於這點，我有一個想法，要是成功的話，說不定能戰勝科塔。」

「什麼想法？」

「葉柔。」

雖然她看不到，但我還是盡其所能地露出和善的笑容。

「妳曾說過，身為我的輔佐，妳什麼都願意為我做，對吧？」

「四季王，你該不會是要我……」

「沒錯，就是如妳所想的那般。」

「等一下！我不行！」

預料到我打算說什麼的葉柔發出了悲鳴。

這似乎是她第一次如此明確地反抗我，可見她有多麼不願意做這事。

但是現在我們已被逼到絕境了。

要勝過科塔，已經沒有其他辦法了。

我一臉嚴肅地將雙手搭上她的肩。

「不管用怎樣的手段，為了四季的未來——」

「請妳務必奪下選美大賽的冠軍。」

「強是她的代名詞，『最強』是她奪來的榮譽！」

儘管從白天主持到晚上，但巫濡還是精神十足得像是剛上臺似的。

「神祕的氣息讓人不禁為其吸引，悠哉的行動讓人總是捉摸不透！」

隨著巫濡的激動喊話，舞臺上的火花綻放，大量的乾冰也隨之噴出。

「揭開選美大賽序幕的，是四季之雨的第一號代表——」

「讓我們歡迎武術大賽的冠軍——雲悠然小姐！」

巫濡從舞臺中央退開，下一刻，一個身影緩緩從她身後出現——

「雲悠然！」

「雲悠然！」

「雲悠然！」

足以震破耳膜的巨大歡呼聲響起。

除了四季之雨的人外，就連四季之晴都有人為雲悠然興奮地呼喊應援。

不過短短一天，雲悠然就攢得了大量的人氣。

「究竟以壓倒性實力稱霸武術大會的她，能不能以同等的實力支配這個選美會場呢——呢、呢，咦……？」

看到現身在舞臺上的雲悠然，專業的巫濡很難得地結巴了起來。

「嗨……」

雲悠然揉了揉眼睛，以無力的語氣向大家說道：

「大家好，我是一號參賽者，雲悠然。」

現場被冷卻。

熱烈的氣氛一瞬間降到了冰點。

「睡、睡衣？」

雲悠然穿著可愛的連身動物睡衣出場了。

雖然不是不適合她……

但在華麗至極的大舞臺上，這情景怎麼看怎麼怪。

這種不恰當的感覺，就像是在高級法式餐廳中，結果服務生給你端上了一盤燒餅和豆漿。

「那、那個——」

巫濡用雙手手掌「啪」的一聲拍了一下自己臉頰，強打精神說道：

「雲悠然小姐，真、真是『特別』的服裝呢。」

「會嗎？很普通吧？」

雲悠然抬起可愛的肉球手揮了揮。

「**是基於怎樣的考量，讓妳穿上這『特別無比』的衣服來到選美大會的會場呢？**」

「因為我剛剛在睡覺。」

「**……**」

「所以，就順勢穿著睡衣來了。」

「**喔……**」

「有規定不能穿睡衣選美嗎？」

「**是、是沒有……**」

「那就好。」

雲悠然就這樣穿著動物睡衣，不斷地擺出她自以為有魅力的姿勢。臺步、S形站姿、K形站姿——令人火大的是，配合燈光和角度，她在姿勢方面的著墨跟專業的平面模特兒還真有得比。只是就算她站得再好，連身動物睡衣也不能凸顯她的身體曲線。

即使是巫濡也只能露出尷尬的笑容。

整個會場一片靜默，就連販賣小吃的攤販都停下了手。

真不愧是雲悠然，馬上就以負面的意義支配了整個空間。

「**哇——好、好棒喔。**」

巫濡已經是咬牙在主持了，那個悲壯的樣子讓人不禁想為她喝采。

「**雖然服裝很、很——很——嗯。**」

想不到形容詞的巫濡含混帶過。

「但除了展示外在，內在也是選美大賽很重要的一部分，若雲悠然小姐有準備表演，妳可以在接著的時間中展示。」

巫灟努力地想把狀況拉回正常的軌道。

但她畢竟還是太小看雲悠然了。

「沒問題，看我的。」

雲悠然深吸一口氣——

「戴上帽子！」

她戴上了連身貓咪睡衣後方的帽兜。

「伸出手手！」

雲悠然一個用力，手捅穿了睡衣，將一直藏在肉球中的手露了出來。

「變身完成，雲悠然（呼嚕）——颯爽登場。」

「雲悠然（呼嚕）？」

「呼嚕……」

「雲悠然小姐？」

「呼——呼嚕——」

在一片靜默的會場中，雲悠然的打呼聲顯得格外明顯。

「天啊……」

在萬人的注目下，雲悠然就這樣睜著眼、以漂亮的模特兒站姿睡著了。

麥克風從臉色慘白的巫灟手中滑落，掉到地上發出「嗡」的刺耳聲響。

「唉……」

真是同情她。

這種只能用「無言」來形容的感覺我也嘗過許多次。

最終，雲悠然得到了極低分，甚至必須靠人將睡著的她抬離現場。

在雲悠然出場的過程中，整個會場都靜悄悄的，像是被放了無聲魔法。

「選美大會重新開始！」

就像是剛剛什麼事都沒發生，巫濡甩動長長的銀髮不斷跑跳，不過還是可以看得出來她眼角帶著些許淚痕。

據說她剛剛跑去臺下哭了一下。

「揭開大賽序幕的，是四季之晴的第一號參賽者——什麼？你說剛剛的雲悠然才是第一個？」

似乎是從耳機中聽到了工作人員糾正，巫濡突然失神，呆立在臺上說道：

「雲悠然……雲悠然是誰？」

恍神的她搖搖晃晃地走著，似乎是想起了適才的失態。

「對了，剛剛……剛剛我……」

崩潰的巫濡蹲在地上大叫。

「啊啊啊啊啊啊啊——！」

「演出中斷！演出中斷！各位觀眾不好意思！」
一群工作人員衝上臺去，同一時間，大量的乾冰噴了出來，將舞臺遮蔽住。
現在再度陷入一片尷尬的沉默。
「真是可怕的雲悠然……」
明明沒做什麼，但不知不覺間，所有人都被捲入她的步調中，隨之起舞。
「季武。」
一個堅硬的觸感抵到了我的背上。
我轉頭一看，只見嬌小的裏科塔用扇子戳著我的背。
「科塔不是要參加選美大賽嗎？妳怎麼還在這邊？」
「我是最後一個上臺的，那件事不急，先擺一邊。」
裏科塔悄聲說道：
「我查出罹患黑霧病的人是怎麼回事了，特地來跟你說明狀況。」
「喔……」
我趕緊收斂心神，專心傾聽。
「就如你所說，籠罩在那些病患身上的『黑霧』——」
裏科塔指了指地下說道：
「是『恐懼結界』的恐懼。」

「……果然如此啊。」

在跟南戰鬥時，我看到了黑霧從地底竄出，並鑽到地底去。

「唉……」

我深深地嘆了一口氣。

「我本來還希望，我的預想是錯誤的。」

「我懂你的心情。」

裏科塔緩緩說出了再嚴重不過的實話：

「因為這代表：這些人之所以得病，是因為『恐懼結界』的關係。」

為了世界和平，我和裏科塔將恐懼鋪滿整個世界，藉著「恐懼結界」分開病能者和普通人。

但現在這竟成了病源？

覆蓋在全世界的恐懼爬上了四季之雨的身體，讓他們得到了「黑霧病」？

「這是為何……？」

我回憶著至今看到的所有線索。

「我們本來以為是看到『人形黑霧』，所以那些人才得了『黑霧病』，但其實並不是如此嗎？」

「不，我想這兩者間應該有著一定的因果關係。」

裏科塔指著正在祭典中歡欣鼓舞的民眾說道：

「若是單純因『恐懼結界』存在就會得病，那現在站在這邊的人都應該發病才對。」

「妳說得沒錯……」

「我想，我可以初步推測，要得到黑霧病，必須先完成兩個前置條件。」

「一個是『恐懼結界存在』，另一個則是『看到人形黑霧』，是吧？」

「沒錯，若是將兩個線索結合在一起，我們可以得知一個很重要的事實——那就是『人形黑霧』可以操控『恐懼結界』。」

所以，所有目睹到他的人，才都得了「黑霧病」。

他控制「恐懼結界」中的「恐懼」，將其罩在目擊者身上。

「你知道這代表什麼嗎，季武？」

看著張開扇子的裏科塔，我感到有些頭暈目眩。

經歷這麼多事，現在的我已成長到可以跟上裏科塔的想法。

「嫌犯的範圍……大幅縮小了。」

「你說得沒錯。」

指著頭上的王冠，裏科塔說道：

「將『恐懼』蓋在他人身上，這是『恐懼結界』原本沒有的設定。」

「設定不知何時被更動了。」

「這段日子中，我並沒有改動過任何設定，季武你呢？」

「我也沒有。」

我搖了搖頭。

隨著對話的進展，隱藏在其中的事實越來越清楚，我的脊背也越來越涼。

「『恐懼結界』由水晶王冠操控、調整，但水晶王冠只有兩頂，能使用它的人也寥寥無幾。」

這是季曇春留下的遺物。

它有DNA認證系統，不是什麼人都可以使用。

目前擁有使用權限的人只有四個——我、葉柔、裏科塔和已經死掉的季曇春。

「也就是說——」

「這四個人之中，有一個人是傳染『黑霧病』的『人形黑霧』嗎？」

就在我說出這句話的瞬間，人民爆出了歡呼聲，似乎是因為巫濡重新登臺的關係。

但不管周遭再吵雜，那些喧鬧的聲音都進不了我的耳朵。

總覺得有點失去現實感。

總覺得這個世界中只剩下我和眼前的裏科塔。

「真是懷念啊。」

裏科塔收起扇子，橫在自己的脖子上說道：

「此情此景，就跟當初在海底的病能者研究院一樣呢。」

她緩緩拉動扇子，就像是要把她的頭切下來。

「這次，又是哪個病能者是凶手呢？」

「……這四個都不可能。」

季曇春已經死掉了。

裏科塔無法說謊，從她目前的言行舉止來看，她不可能是「人形黑霧」。

「那麼，凶手就是你或葉柔？」

裏科塔用扇子遮住臉的下半部，以讓人有些發寒的雙眼盯著我。

「若我是『人形黑霧』，我根本不用告訴妳我的推測。」

「沒錯。」

「而且，妳覺得我瞞得過妳的雙眼嗎？」

僅存實話，若是換個方向解釋，就是比誰都還容易看穿謊言。

現在的我雖已可以和裏科塔對抗，但這不代表我可以一直在她面前說謊。

這是完全不同的兩回事。

若有人能在她面前一直說謊，那一定是有如季晴夏一般的怪物。

「那葉柔又如何呢？她有這麼做的動機嗎？」

「也很難想像她會這麼做……」

她沒有任何理由散布「黑霧病」。

也就是說，不管是我、葉柔、裏科塔、季曇春，都不是「人形黑霧」。

「呵呵……」

裏科塔用扇子捂著嘴，一連串銀鈴般的笑聲從扇子後方流瀉出來。

「所有可以使用王冠的人都不是凶手——但確實存在凶手在操控黑霧？」

不可能成立的等式。

線索和實際狀況相違背的弔詭。

狀況和一開始與院長相遇時越來越像了。

「不管誰是『人形黑霧』，我們都必須快點把他揪出來。」

「我知道……」

但「人形黑霧」的四周籠罩著「不可理解」。

要是不開到五感共鳴，我根本就捉不到他；但五感共鳴耗損的能量太大，無法廣範圍鋪設。要是不確定「人形黑霧」的具體位置，我也無法捕捉他。

「要是再這樣繼續下去，那得到『黑霧病』的人將會越來越多。」

隨著時間流逝，事態確實朝著越來越嚴重的方向進展。

已經很勉強的和平，正逐漸裂開、崩解。

「呀————————！」

就像是要印證我此時的想法，舞臺處突然傳來了尖叫聲。

我和裏科塔同時轉頭一看，只見巫濡嚇得跌坐在地，而舞臺的中正央——

「『人形黑霧』……」

「人形黑霧」毫無徵兆地出現了。

他以睥睨的眼光看著舞臺下的群眾，就像是在嘲笑我們。

看著那團燃燒般的不祥黑霧，我的腦袋瞬間一片空白。

我沒有想到他竟會這樣大剌剌地出現在舞臺上。

完了。

這場祭典之所以舉辦，本來就是為了遮掩人形黑霧所造成的異常。

若只是看到一瞬間，我們還可以用祭典活動的名義遮掩；但若近距離打量，不管是誰都會發現不對勁。

「那是什麼？好恐怖的樣子……？」

不知是誰起了頭。

就像是將一粒小石子投入池塘中，不安的漣漪迅速擴散。

所有人開始竊竊私語。

我環顧四周，心中焦急異常。

要是這股慌亂擴散開來，那至今為止的一切努力都會化為泡影。

若是人民對我們失去信任，那好不容易得到的穩定說不定會就此消失。

為了避免這樣的結果，我必須做點什麼才行。

「但是……」

我能做什麼？

沒有反應空檔、沒有思考時間、沒有事前準備。

我沒有任何辦法可以消除數萬人的不安。

無助的我看向身旁的裏科塔。

「……」

我們四目相交。

這瞬間我明白了，她也一樣束手無策。

不安的雪球迅速滾大，眼看就要引爆——

——唰。

一輪皎潔的明月出現在舞臺上，斬斷了所有嘈雜的聲音。

長長的刀子劃出了完美的圓，寒光逼開了瀰漫在臺上的黑霧和乾冰。

視野一瞬間開闊了起來。

以舞臺為中心，一股強風襲向底下的群眾，讓大家精神為之一振。

「大家好，我是四季之晴的選美代表——四季王輔佐葉柔。」

巨大的舞臺上，僅留下了微笑的葉柔和突然靜止下來的人形黑霧。

在所有人的注視下，葉柔將刀子收起，緩緩跪了下來。

她三指著地，向大家拜了一拜。

「今天能在這邊和大家見面，不勝榮幸。」

——啪。

就在此刻，人形黑霧中央現出了一道光亮的裂痕。

——啪——啪！

光之裂痕越來越多、越來越多，很快地就布滿了整個人形黑霧。

葉柔抬起頭來，向大家微微一笑。

「這是我向大家展示的才藝表演，還請大家不吝賜教。」

彷彿被她展現的笑容摧毀，人形黑霧轟然崩解。

這時大家才意識到，原來人形黑霧早就被斬碎，只是因為切得太快，所以直到現在才崩潰倒塌。

「喔喔喔喔喔喔喔喔喔————————！」

有如神技的表現博得了所有人的喝采。

四季之晴的人甚至落下了感動的淚水。

「不過一刀……」

就切斷了不妙的走勢。

不只解除了人民的不安，還順勢將出現的人形黑霧化作選美表演的一部分，讓祭典變得更加熱鬧。

我看向裏科塔，只見她也專心地鼓著掌，活像個為孩子驕傲的母親。

「真是不簡單啊……葉柔。」

我不禁讚嘆。

可能是為了讓大家更加注意她，雖然危機已解除，但葉柔的展示並沒就此結束。

她的手緩緩按住了刀柄。

「『靜之勢』。」

潔白的圓包裹住正坐在地上的葉柔。

不管是黑霧、塵埃、乾冰都無法侵犯她身邊的空間。

但和葉藏那種強制排除不一樣，葉柔身上的圓顯得比較和緩。

就像流水一般，那些雜物在碰到她所建立的絕對領域後，就順著圓的邊緣緩緩流瀉而下。

「……………」

所有人都屏息看著這一切。

唯有葉柔周遭的風景不同。

從遠處一看，那不染任何一物的圓讓她就像是發著光一般。

但因為並非真正發光，所以那光華一點兒都不刺眼。

「技藝不精，還請各位別見笑。」

葉柔解除靜之勢，站起身來向大家鞠了一個躬。

「……………」

但即使表演已結束，被震撼到的大家還是一言不發。

「……好。」

過了不知多久後，足以震聾人的叫好聲才爆發出來。

「好啊——————！」

所有人都歡欣鼓掌，完全忘了剛剛所發生的事。

四季之晴的民眾甚至有人跪了下去，雙手合十。

這是什麼詭異的宗教崇拜？

「季武，你有看到嗎？」

裏科塔一邊用扇子戳著我，一邊興奮地追問：

「你有看到葉柔剛剛的表現嗎？」

「有——痛痛痛，別再戳我了好嗎？」

「你有看仔細嗎？你知道那是多了不起的事嗎？」
扇子就像機關槍一樣毫不留情地痛擊我的肋骨。
「看妳這模樣……我突然覺得妳沒資格譴責我對科塔的溺愛。」
「不，我這好歹在正常人的範疇。」
「……妳的意思是我對科塔的喜好在不正常的範疇嗎？」
這句話真是讓人不能聽過就算了啊。
「不過，這下子妳明白了吧。」
看著臺上接受眾人歡呼的葉柔，我說道：
「她也不可能是『人形黑霧』的。」
那麼，究竟誰是凶手？
到底是誰操控「恐懼結界」，將恐懼蓋在目擊者身上的？
「**不愧是四季王的輔佐！**」
主持人巫濡以絕妙的時機插話進來。
「**剛剛的表演真是精采，讓人為之驚豔！**」
葉柔點了點頭，露出了落落大方的笑容。
不塊是見過大風大浪的原族長，臺風十分穩健，一點兒都看不出緊張的樣子。
「過獎了。」
「**可以看得出葉柔輔佐為今天做了不少準備。**」
巫濡遞上麥克風，開始進行訪問。

「身上那套可愛的衣服，也是為了今天的比賽特別準備的嗎？」

「身上的……衣服……？」

「是的，真的很棒！就像個偶像一般。」

「……」

像是意識到什麼，葉柔的動作突然變得僵硬。

「感覺現在就出道也沒關係呢，有沒有興趣跟我組團出道啊？」

「…………」

葉柔依舊沉默不語。

「葉柔輔佐？」

「那、那個……」

「妳怎麼了？為何要突然躲到我身後？」

「因為穿這樣的衣服上臺……」

葉柔縮起身子說道：

「好、好羞恥……」

羞慚的她滿臉通紅，因為服裝暴露度很高的關係，一眼就能看出她的肌膚像是火燒般塗上了一層櫻紅。

看來她剛剛為了解除危機，沒有多想什麼就直接衝了出來。

此時經巫濡點醒後，她才終於了解到自己現在是什麼狀態。

——她正穿著裝飾著滿滿緞帶、只能用夢幻來形容的服裝，沐浴在數萬人的目光下。

剛剛凜然帥氣的模樣徹底消失，慌亂的葉柔不安地走來走去，但不管往哪裡逃，她都無法躲避大家的注目。

「嗚……」

眼眶含著淚的葉柔雙手壓在胸前，以溼潤的雙眼看著底下的群眾緩緩說道：

「算我求大家了……

「請大家不要一直盯著我看……」

——我彷彿可以看到一股電流在觀眾間流竄！

「喔喔——————！」

就像被電擊到，所有人都舉起手來歡呼。

「咦？咦？大家怎麼了？」

滿臉通紅的葉柔因為突如其來的巨響而手足無措。

「喔喔喔喔喔喔喔喔喔喔————————！」

但這樣的反應只是讓大家喊得更加用力！

仔細一看，就連我身旁的裏科塔都被這股氛圍操弄，不斷揮手大喊。

「這、這就是葉柔的魅力……」

也太可怕了吧？

動」。

難怪我國有九成的人都是葉柔控（剩下一成是嬰兒）。

「看來選美大會的冠軍應該是屬於我們的了。」

這樣比數就是一比一，我總算能將祭典拖入第二天，進行我期待已久的「特別活動」。

「咦？」

突然注意到某事的我瞇細了雙眼。

那是什麼……？

剛剛葉柔斬碎的「人形黑霧」殘骸落到了舞臺中央。

我開啟感官共鳴，仔細觀察那些殘渣。

「鐵和木的碎屑……」

這種感覺，就像是——

就在我還來不及深思時，一股強烈的寒意竄上我的背！

我轉頭一看，只見「人形黑霧」就站在所有觀眾的身後。

好在葉柔吸引了所有人的目光，所以沒有人注意到此事。

「四感共鳴！」

為了迅速解決威脅，我沒有手下留情。

模仿葉柔的「盲視」，我以和她相同的動作斬斷了「人形黑霧」。

黑霧迅速消散，被砍成兩段的「人形黑霧」落到地上，現出了黑霧裡頭的事物。

「怎麼會……」

我差點因為震驚而跪倒在地。

「怎麼會這樣……」

——那是我為第二天祭典準備的「人偶」。

「恐懼結界」的黑霧覆蓋住「人偶」，成為剛剛的人形黑霧。

看來剛剛出現在舞臺上、被葉柔斬碎的「人形黑霧」，裡頭裝的也同樣是人偶。

不祥的預感從我心中竄起！

我延伸認知，藉著感官共鳴觀看王宮的地底。

「不見了……」

一千具「人偶」不知何時消失無蹤，一具都不剩。

——嗡嗡嗡嗡嗡嗡嗡嗡嗡！

刺耳的警報響了起來！

我身旁的機械蝴蝶亮出了紅色的警報。

這是緊急狀態時才會出現的顏色。

我繼續擴大感知的範圍，結果發現一個絕望的事實——

罩著黑霧的一千具「人偶」站在「特區」的圍牆上，將我們團團包圍了起來。

「吸引所有人的目光！」

操控聲音，將其扭成一線，我將只有葉柔聽得到的指示傳達給舞臺上的她。

「只要大家有任何一瞬間抬頭看向天空，那就完了！」

「我明白了。」

知道事情有多嚴重的葉柔，變回了原本果決的族長。

在所有人面前，她開始唱歌跳舞。

巨大的歡呼聲再度響起。

「趁葉柔努力的這段時間，我必須將這些人偶都解決掉。」

我悄悄離開了舞臺前方，往圍住特區的圍牆奔跑。

「你一個人沒辦法吧。」

裏科塔跟了上來，在疾速奔跑的我身旁說道：

「讓我助你一臂之力。」

機械蝴蝶聚在裏科塔身後，成了一對蝴蝶翅膀。

藉著它們的幫忙，裏科塔以不輸給我的速度不斷向前飛翔。

「那真是太好了，就目前看來，只能靠我們兩人想點辦法了。」

為了不讓混亂擴大、驚動大家，我和裏科塔無法調動防禦部隊，也無法招來更多人幫忙。

我抬頭看著站在圍牆上的「人偶」，也不知道它們在想什麼。它們靜靜站在上頭，一點兒動作都沒有。

明明只要一擁而上，我和裏科塔建立的和平就會瞬間崩毀。

「看它們的樣子，是在等我們嗎？」

「人形黑霧」到底是什麼？

為何他可以操控「恐懼結界」？

為何他知道我藏在王宮底下的「人偶」？明明這件事連葉柔都不知道的。

「這次的事件不是和病能者研究院那時很像嗎？」

裏科塔的扇子抵住下巴，開始說道：

「這給了我一點兒想法。」

「嗯？」

「這次的凶手，會不會跟上次一樣，並非表面上所見呢？」

「並非表面上所見？」

「嫌犯雖有四位──我、葉柔、季武、季曇春，但其實不止這四位。」

裏科塔「啪」的一聲攤開扇子說道：

「除了這四位，其實還有幾位『極度近似的存在』可以成為嫌疑犯。」

「……原來如此。」

我馬上就明白了裏科塔的意思。

水晶王冠的辨識機制，是DNA辨識。

只要DNA一樣，就能使用王冠。

就是這點讓凶手有機可乘。

「季秋人是你的複製人，所以他也能使用水晶王冠，對吧？」

「沒錯。」

「不只是他而已，季晴夏也有使用權限，因為季曇春是她的複製人。」

「雨冬也可以……因為她和晴姊是雙胞胎。」

「嫌疑犯一瞬間擴展到七位了。」

我、葉柔、裏科塔、季曇春、季秋人、季雨冬、季晴夏。

這七位中，究竟誰才是散布「黑霧病」的「人形黑霧」呢？

「不……不管怎麼思考，都很難相信這些人當中有凶手。」

我摸著頭上的水晶王冠。

「而且，就算有『使用權』也沒用。」

王冠只有兩頂。

凶手必須趁我和裏科塔疏忽時，控制住水晶王冠，悄悄調整裡頭「恐懼結界」的設定。

我的身上常備感官共鳴防範，至於裏科塔則被層層的機械蝴蝶守護。

要在不被我們發現的狀況下做到此事，可說是難如登天。

「那麼，有沒有人能接近你，又不會讓你起防備之心呢？」

「應該沒有——」

我話說到一半就卡住了。

——葉柔的臉龐突然浮現在我的腦中。

這一年來，她一直待在我身邊輔佐我。

我對她已沒了戒心，這點從她可以幫睡著的我蓋棉被就能得證。

難道散布黑霧病的人真的是她？

「不對。」

我搖了搖頭，甩開腦中的想法。

葉柔是人形黑霧這事，一點兒道理都沒有。

為了證明葉柔的清白，我閉上眼，開啟水晶王冠。

「身分辨識，使用者季武，允許進入。」

腦袋深處響起了季曇春的聲音。

所有感官一瞬間封了起來，意識潛入了黑暗。

——一片浩瀚的星空出現在我面前。

這裡是水晶王冠中的世界，也是意識才允許踏入的世界。

我不斷四處張望，想要尋找不對勁的地方。

凶手既然有調整「恐懼結界」的設定，那說不定會在裡頭留下什麼蛛絲馬跡也說不定。

「有了……」

在無盡的美麗中，我找到了一個不屬於這個世界的異物。

「不過，為何是雨冬的髮帶？」

藍色的髮帶飄浮在星空中，那是季雨冬之前戴在頭髮上的飾品，在她失蹤後，我將其別在了我的右手腕上。

我點了點髮帶，髮帶發出了光芒，化作了一個人。

「……」

看著面前的人，我因為過度震驚而完全說不出話來。

他戴著水晶王冠、穿著白袍，右手腕上綁著雨冬的藍色髮帶。

——出現在面前的人，是我自己。

「季武，這是我留給我的訊息。」

我留給自己的訊息？我怎麼完全不記得了？

「你之所以對此完全沒印象，是因為『人形黑霧』對你的腦袋動了手腳。」

「我」指著自己的頭說道：

「他採用了某種方法，將你的記憶扭曲、消除了，我趕在記憶被改變前的最後一刻，錄下了這段影像給自己。」

「我的天啊……」

我的記憶，竟已經被改造過？

「其實，你早就見過『人形黑霧』，也早已知道他是誰。」

「告訴我，『人形黑霧』是誰？他究竟想做什麼？」

雖然我向「我」提問，但僅是錄製影像的季武，根本無法回應我。

「當你看到這訊息時，想必事態已脫離你的掌控。」

「我」以嚴肅的表情對我說道：

「給你一個忠告：絕對不要興起消滅『人形黑霧』的念頭——絕對不要。」

「你的意思是，他危險到不管我做什麼都束手無策嗎？」

「我之所以會這麼說，是因為『人形黑霧』是你再親近不過的人，他就是——」

「我」的嘴不斷張闔，卻什麼聲音都吐不出來。

就像是被某種不明的存在強制消音。

「喂！怎麼了！」

不知從何而來的黑霧纏上了面前的「我」，將「我」塗成一片黑！

不管我再怎麼努力揮手，都無法驅除罩過來的黑霧。

「回答我！喂——！」

在此同時，我的身體也不斷地往下墜。

等到我再度睜開眼時，我已回到了現實中的世界，正不斷地和裏科塔向圍牆處奔跑。

「『人形黑霧』有沒有可能是季秋人？理由是為了報復你之類的？」

裏科塔向我問道。

剛剛潛入王冠中的時間雖然看似很久，但現實中只過了約莫一秒。

裏科塔專心在自己的思緒中，沒發現我剛剛的異常。

——「人形黑霧」是你再親近不過的人。

適才的話浮現在我心中。

在水晶王冠中看到的「季武」，毫無疑問是真貨。

因為他使用了雨冬的髮帶當作信號。

他明白那是最能向現在的我取信證明的事物。

那段影像，是我在一切無可挽回前拚命留下的線索。

所有身邊的人都可能是犯人，所以在真相大白前，我不能輕易地將一切和盤托出。

於是，我選擇了不將剛剛的事告訴裏科塔。

「現在的季秋人已不再對我有恨意。」

我裝作剛剛什麼事都沒發生的模樣，和裏科塔進行對話。

「而且不管因為怎樣的理由，我都不覺得他會使用傷害南的方式進行他的計畫。」

「那麼，就是季雨冬或是季晴夏？」

「季雨冬已失蹤許久，而且身為普通人的她，無法瞞過我的病能進入四季。」

「嫌犯已經刪光囉，季武。」

「…………」

「若用刪去法，那我們可以得到結論：凶手就是『季晴夏』。」

「真的是如此嗎……」

我想起「人形黑霧」在王宮中所說過的話。

——不管是誰，都找不到季晴夏，你早該知曉其中的意義。

這麼多年來，季晴夏再也沒現世過。

她真的會為了摧毀「四季」特地現身，化作「人形黑霧」？

「可是，再也沒有別的可能了。」

籠罩在「人形黑霧」身上的「不可理解」，讓誰都找不到他。

這確實是很像會罩在季晴夏身上的認知。

所以，季晴夏就是「人形黑霧」？到處散布「黑霧病」的也是她？

我真的可以這麼認為嗎？

「接下來的話，只是我的直覺。」

「真意外啊，僅存實話的妳竟會使用『直覺』這個詞。」

又不是雲悠然，這真的是最不適合妳的一個詞了。

「直覺，第六感，其實並不是那麼神奇的東西。」

裏科塔用扇子遮住自己臉的下半部說道：

「之所以命名為第『六』感，就是必須先建立在五感的基礎上，你因為五感而獲取了一些資訊，於是在潛意識中得到了結論；但因為這是潛藏的，無法那麼直觀地以理論解釋，所以才用直覺或是第六感之類的模糊詞彙概括。」

「妳說得沒錯。」

若是換個方向想，就是目前出現的所有線索，已足以讓裏科塔拼出模糊的答案。

「依照我的『直覺』——」

「這次的凶手並非『嫌犯』，而是『極度近似嫌犯的存在』。」

「極度近似啊……」

本來的嫌犯是我、葉柔、裏科塔和季曇春。

但季秋人、季雨冬和季晴夏和我們極度近似。

就跟病能者研究院一樣，本來以為嫌犯是某些人，但若仔細思考後，可以發現額外的嫌犯躲在認知外。

記得之前在病能者研究院中，最後的凶手是——

我猛然煞住腳步。

「裏科塔。」

「嗯？」

「我找到第八名嫌疑犯了。」

「喔？」

「——那就是妳。」

我指著裏科塔說道：

「妳就是第八名犯人。」

妳有另一個人格。

不管科塔做什麼，妳都不會留下記憶。

她也是極度近似妳的存在。

「…………」

「…………」

我和裏科塔互相對視，一時之間氣氛有些凝重。

但很快地裏科塔就失笑道：

「有注意到這點很厲害，但你真的認為科塔是『人形黑霧』嗎？」

「……不覺得。」

「我也這麼認為，她沒有能力也沒有動機這麼做。」

這無疑是實話吧。

事情再度回到了原點。

我還是不知道誰是人形黑霧。

八位嫌犯都不是犯人，但確實存在凶手在傳播黑霧和不安。

「不過在找出犯人前，還是先專心應戰吧。」

裏科塔伸出手，阻止了打算再度前行的我。

「敵人親自來迎接我們了。」

在即將抵達圍牆時，我和裏科塔的面前出現了一排「黑霧人偶」。

「小心點，裏科塔。依照之前和南對戰的結果，這些被黑霧罩著的人偶，會使用各式各樣的病能。」

「而且會隨著戰鬥時間越變越強，是吧？」

「沒錯。」

不過就算是再棘手的敵人，只要我和裏科塔在這邊，應該都不至於無法應付才對——

——喀！

就在我這麼想時，眼前的黑霧人偶發出了關節脫臼的聲音。

他們雙手下垂、後伸，擺出了我看過無數次的架勢。

「等一下，這該不會是——？」

——推！

人偶不會說話。

但他們的動作與雲悠然過去的動作重疊，讓我彷彿聽到了她無力又軟綿綿的聲音。

「裏科塔！快走！」

吃過無數次苦頭的我瞬間反應，將裏科塔推開。

十幾隻人偶同時甩出了雙手，巨大的風壓穿過我和裏科塔中央！

——轟！

我往身後一看，光是攻擊帶起的旋風就將後方的建築物全數吹崩。

——砰！

在此同時，盛大的煙火在夜空中綻放，掩蓋住了我們戰鬥的聲響，不讓一般民眾察覺。

我轉頭看向裏科塔，她點點頭，向我使了個眼色。

看來是她臨場反應，用煙火的爆炸聲粉飾了太平。

「但這樣的做法畢竟不是長久之計，遲早會被大家發現異狀的。」

裏科塔露出苦笑。

「現在該怎麼辦？」

「我才想問你這個問題呢。」

一個雲悠然就夠棘手了，但眼前竟然有十幾個。

而且，圍牆上還站著幾百隻。

我從沒想過我和裏科塔一起戰鬥，竟還會面臨束手無策的窘況。

「現在，只能擒賊先擒王，把源頭找出來了。」

「妳是說『人形黑霧』嗎？」

「是啊，要是把他解決了，說不定就能停止這些人偶的活動。」

「說得簡單，他周遭有『不可理解』保護啊，根本找不到他。」

「但是只能做了，只有你的五感共鳴可以找到『人形黑霧』。」

裏科塔揮出身後的蝴蝶，勉強擋住了襲來的黑霧人偶，但黑霧人偶一個回身，甩出手臂，將那些機械蝴蝶拍散、砸碎。

「要是再找不出『人形黑霧』，我跟你都要死在這邊！」

可能是為了幫我爭取時間，裏科塔擋在我的面前。

但是，現實是殘酷的。

「啊……」

更加令人膽寒的事情發生了。

僅憑裏科塔一人，根本就守不住。

「啊啊啊啊啊啊啊————！」

黑霧人偶「進化」！理當沒有發聲器官的它們，喊出了人類的聲音！

彷彿吸收了我們對它們的恐懼，它們身上的黑霧冒得更加旺盛！

「『刪除左邊』！」

它們同時側轉身子，將左邊的黑暗對準了我們。

「三感共鳴！」

我抱起裏科塔，對著身後的建築物一蹬，從上方跳了過去，繞到了黑霧人偶的右方。

但這是它們設下的陷阱。

等到我落地後，等待我的是擺好架勢的三具黑霧人偶。

「推！」

它們使出雲悠然的推掌，襲向了我們。

「『靜之勢』——」

裏科塔坐了下來，將收起的扇子放在腰的右側。

「加上『機械蝴蝶』。」

無數的蝴蝶構成了一個圓，協同扇子畫出了防禦圈。

——砰！

蝴蝶消散，人偶的雙手飛向天空。

我們和黑霧人偶同時因為衝擊力後退。

「季武，快想點辦法。」

一縷血絲從裏科塔嘴邊流下，表面上雖看起來無事，但還是傷到了身體內部。

反之人偶並沒有痛覺和神經，雖然失去雙手，但還是若無其事地朝我們走過來。

「它們真的如你所說，變得越來越難應付了。」

病能加上雲悠然的體術，這究竟誰能與之抗衡？

「啊啊啊啊啊啊——！」

黑霧人偶再度大吼。

「不會吧……還能變得更強嗎？」

絕對不要興起消滅「人形黑霧」的念頭——絕對不要。

就在腦中響起這句忠告的瞬間，黑霧人偶甩出了雙手。

「『推』加『萬物扭曲』！」

推來的雙手不斷延伸、扭曲，從四面八方包圍了我和裏科塔。

就像是位於千手觀音的中心，不管從哪裡看去都是肉色。

裏科塔舉起扇子，想要和剛剛一樣，協同機械蝴蝶一同防禦。

但是——

「再加上『不可理解』！」

三種病能混合！

——襲來的手一瞬間消失了！

就像剛剛的攻擊是錯覺，我和裏科塔的眼前一瞬間變得開闊起來。

微風吹過我們的臉。

不管怎麼睜大雙眼、放大感官，我們和黑霧人偶之間還是什麼都沒有。

什麼都看不到、什麼都感受不到——因為無法理解，所以無法認知。

我生平第一次，對「沒有恐懼的事物」感到恐懼異常。

「五感共鳴！」

再也按捺不住的我開啟了最大程度的感官共鳴，接下了四面八方襲來的手。

「去死吧！這群混蛋！」

我一個迴旋踢，將三具黑霧人偶打碎！

「呼、呼……」

就在我和裏科塔因為撐過這波攻擊而不斷喘氣時，更多人偶從空中跳了下來。

我這輩子歷經過許多危難，多次在生死關頭徘徊。

但此時我發現了，我的手不可控制地顫抖著。

我第一次有了「絕望」的感受。

「季武！我幫你爭取時間，快找出『人形黑霧』！」

裏科塔再度擋在我的面前。

「妳一個人根本撐不住！」

「這已經是唯一的辦法了！」

僅存實話的裏科塔揮舞扇子，向身後的我大喊：

「我不會說謊，我說能爭取時間就必定能做到——所以你不要辜負我對你的期待！」

黑霧人偶包圍住了我和裏科塔。

在這危急時刻，我拚命地運轉腦袋。

我的五感共鳴是唯一能抓到「人形黑霧」的希望，但要是不先確定他的位置，我根本無法使用病能鎖定他。

果然還是只能靠推理推出人形黑霧是誰了嗎？

「快想，不要放棄——」

嫌犯原本有四位。

可以使用水晶王冠的有我、葉柔、裏科塔和季曇春。

但有另外四位與我們「極為近似」。

季秋人、科塔、季雨冬和季晴夏。

「這八位中，必定有人是『人形黑霧』——」

比起過去的事件，這次的線索比以往都多。

——凶手必須傳播黑霧病。

——凶手可以使用水晶王冠。

——凶手是能自然接近我和裏科塔的熟人。

——這次的凶手並非「嫌犯」，而是「極度近似嫌犯的存在」。

看啊，線索如此之多。

就算用刪去法也可以得到答案才對。

我本以為我可以跟過去一般靈光一閃，想到真相。

「但是……」

失敗了。

線索交織在一起，卻沒有組織出一個明確的答案。

不是沒有動機，就是不可能這麼做。

我找不出真凶是誰。

「還沒好嗎？季武！」

雖然裏科塔很巧妙地用機械蝴蝶偏移攻擊，但在大量病能和雲悠然體術的夾擊下，她很快地就把機械蝴蝶消耗殆盡。

「快點，我不能再爭取多少時間了！」

我必須找出「人形黑霧」，要不然所有人都會完蛋。

若是我收回覆蓋住四季的病能，發動大範圍的五感共鳴如何？

不行，這樣大家的仇恨心有可能再度燃起，可能會發生不可控制的暴動。

不管哪個方法都行不通，我的腦袋逐漸變得一片空白。

「可惡……」

裏科塔咬牙說道：

「我本來……一直想避免用這招的。」

在我的注視下，她站到前方，昂然面對著大量的敵人。

「我是四季之雨的王，當我坐上王位的那刻，我就起誓再也不用病能！」

她丟掉手中已經破破爛爛的扇子。

「『妳』也曾因為他人的教誨，將自己的危險能力徹底封印起來。」

表情逐漸從裏科塔臉上流失。

「但是，打破誓言的時刻還是到了！」

裏科塔的胸膛上，現出了蝴蝶印記。

「為了守護重要的人、為了守護將妳視為女兒疼愛的人、為了守護即使背負罪孽也想拯救的存在——使用妳的病能吧！」

蝴蝶記號發出了熾熱的光芒！

「妳的名為科塔，妳的病和死亡等義！為了報恩，將妳那足以殺人的妄想解放吧——」

聲音中斷，裏科塔消逝。

「（雙手大張）」

科塔嬌小的身影出現在我面前，張開的雙手就像是想要守護身後的我。

「『死亡錯覺』。」

這是我第一次聽到科塔的聲音。

——絕對不要使用妳的病能，不管是面臨怎樣的狀況都不要用。

她打破了和我之間的約定，就只為了幫我爭取幾秒。

——像個普通的女孩子而活吧。

口吐殘忍的病能名，她親手抹滅自己普通女孩的身分。

——沒有力量，讓人保護也很好的。

「我要……」

許久沒說話的科塔，艱難地說道：

「我要保護……季武哥哥……」

她決定再也不要讓人保護，而是保護他人。

「妳長大了……科塔……」

我緩緩閉上眼，壓抑幾乎要奪眶而出的淚水。

下一瞬間，死亡的潔白塗滿了整個空間。

罹患「科塔爾氏妄想症」的病能者通常都活不長久，這也是當然的，畢竟一直與死亡為伍。

科塔是個例外，她被當作武器製造出來，並在我的要求下封印了病能。

雖然至今為止看過很多以「死亡錯覺」為基礎開發出的病能武器，但我還是第一次看到使用者在我面前使用病能。

以科塔為中心，一股死之靜寂從她身上擴展出來。

被這樣的死所感染，所有黑霧人偶就像被凍住似的停住了動作。

但是，這只是個開端。

黑色翅膀從科塔的背上冒了出來，與此同時，所有人偶身後都冒出巨大的骸骨。

人骨抱住了被感染「死亡錯覺」的人偶，就像死亡緊緊擁抱著它。

一具黑霧人偶緩緩崩解。

沒有任何外力介入，僅僅憑著「認為自己已死」的錯覺，這具人偶就崩坍了。

「（緩步向前）」

科塔不斷往前走。

第二具黑霧人偶崩裂了。

接著是第三具、第四具、第五具——

所到之處，沒有一具黑霧人偶倖免。

明明有如此大量的人偶崩潰，但不知為何整個空間一點兒聲音都沒有——就像是聲音也跟著死去。

人偶靜靜地裂開、落下，過於理所當然的死亡，彷彿大限已至。

「天啊……」

我不知該害怕還是該讚嘆。

面無表情的小女孩帶著黑色翅膀，將平等的死亡賜給所有人。

那是如此美麗——同時又何其殘酷的情景。

純白的死神繼續揮灑她的病能，等到我回過神來，一切都已結束了。

所有黑霧人偶倒在地上，本來靜止的時間再度恢復流動。

「（眼冒金星）」

可能是過度使用病能，科塔的呼吸很急促，無力的身體也左搖右晃。

「科塔，妳沒事吧？」

我趕緊上前扶住她。

她的身體好燙，就像火燒一般。

「（比起大拇指）」

科塔用顫抖的手向我比出了手勢。

明明全身都冒出了不舒適的冷汗，但這傢伙還是完全沒露出任何難受的神情。

「辛苦妳了，科塔。」

我摸了摸她的頭說道：

「好好休息吧，接著就交給我了。」

聽到我這麼說，她露出淡到幾乎看不到的笑容，緩緩閉上了雙眼。

「即使是為了不讓科塔失望，我也不能放棄啊。」

我將科塔抱在懷中，重新打起精神。

遠方隱約傳來了祭典的熱鬧聲，若是仔細聽，會發現巫濡和葉柔不知為何開始組團合唱。

看來，在葉柔的努力下，還沒有人察覺異狀。

正在拚命的，不只有我一個人。

被這樣的事實打氣，我再度充滿幹勁。

既然無法靠推理推出「人形黑霧」是誰，那就想別的辦法吧。

「季武。」

懷中傳來裏科塔虛弱的聲音。

看來現在的人格再度轉回了裏科塔。

「又有新的敵人來了。」

十多具黑霧人偶再度從圍牆上跳下，朝我們緩步走來。

「很抱歉，我現在的身體光是醒著就已經竭盡全力，無法再幫你爭取時間了。」

「妳做得已經夠多了。」

不能推理、不能戰鬥、不能逃避、不能思考過久、不能被其他人發現。

還有比這更嚴重的絕境嗎？

「……嗯？」

看著眼前的黑霧人偶，我的腦中突然閃過了什麼。

絕境、危機、足以致死的情況——

「這不就是……」

葉柔一直在用的病能嗎？

「我找到了！」

要找出「人形黑霧」，不一定要用五感共鳴探察整個四季！

閉上雙眼，我模仿葉柔，感染了名為「盲視」的疾病。

眼前陷入了黑暗，不管是懷中的裏科塔還是眼前的黑霧人偶，就這麼從從視野中消失。

「『注視致命』！」

我發動了葉柔的病能。

葉柔的身體很孱弱，所以當她發動病能時，她什麼都看得到。

對她來說，所有東西都是足以致命的。

但若是我用會如何呢？

「有了……」

在什麼都沒有的黑暗中，出現了「足以致命」的事物。

——那就是那些黑霧人偶。

明明同樣都是黑色，人偶的輪廓卻比什麼都清楚。

「三感共鳴……」

我不斷地提高感官共鳴，增加自己的實力。

「四感共鳴……」

黑霧人偶的身影逐漸變淡。

對現在的我來說，它已不再是足以致命的事物。

「最後是——五感共鳴！」

當我喊出這句話的那刻，眼前的一切都消失了！

「出來吧！『人形黑霧』！」

足以操控這麼多黑霧人偶！你是我至今遇到的最大敵手！

因為無法理解，所以無法找到你。

但現在我理解了。

你是能威脅和殺掉我的致命存在！

對於現在的我來說——

「你是我唯一看得到的人！」

在我的「注視致命」下，現出身形吧！

「真是沒想到啊……竟會被這種方法找到。」

「咦？」

一道聲音從我左邊響了起來，吃驚的我猛然轉頭——

——噗。

一聲輕響。

等到我發覺時，一隻左手就這樣貫穿了我的胸膛。

「我一直都藏在你的左邊喔，季武。」

「就跟病能者研究院那時……一樣嗎？」

我雙手緊握那隻插在胸膛中的手，卻連拔出的力氣都沒有。

「人形黑霧」始終藏在我們身邊。

能做到此事，是否表示他是我再熟稔不過的人？

——這次的凶手並非「嫌犯」，而是「極度近似嫌犯的存在」。

「人形黑霧」將手從我胸中抽了出來。

大量的鮮血從我胸口流出，我「砰」的一聲跪倒在地。

對於即將出現在我面前的人，我突然有了不祥至極的預感。

「人形黑霧」退後了幾步，遠離了我。

可能知道沒有必要了，他將罩在身上的黑霧解除，現出了真實的模樣。

「竟然……是妳……」

我簡直不敢置信。

「雨冬……」

季雨冬的長相和打扮就跟一年半前一模一樣。

但是她的身上纏著些許黑霧，雙眼就像死去一般一點兒光輝都沒有。

「不……還是妳是晴姊？」

因為，她整體給人的感覺跟季雨冬完全不同。

真要說的話，就像是將季雨冬和季晴夏加起來之後的存在。

「我是誰不重要。」
我注意到了，她的自稱詞是「我」而不是「奴婢」。
她將左手的鮮血甩掉，以冰冷的雙眼俯視我說道：
「你也不用在意我是季雨冬還是季晴夏，你只要知道一件事就好——」

「那就是我是你的敵人。」

我的瞳孔猛然放大。
不管她是晴姊還是雨冬。
我從沒想過，我會從她們口中聽到「敵人」這樣的詞。
「該是時候揭發病能的真正意義了。」
彷彿季雨冬的存在向我問道：
「為何季晴夏要製造病能者？」
為了防止人類腦中的恐懼炸彈爆炸。
她必須製造一個足以和人類相媲美的恐懼存在。
單單只有「一個人」是不夠的，那必須是「一個群體」。
「那麼，當病能者產生後，她為何不將這個世界分成兩邊，一邊屬於病能者，一邊屬於普通人呢？」
「為何……？」

「因為這種做法是行不通的。」

「為何……行不通？」

因為失血過多，我感到意識漸漸模糊。

「一直以來，『病能』的定義都沒有改變過，但其中隱藏的真相，卻任誰都沒發現呢。」

「季雨冬」蹲下來，雙手撐在下巴處說道：

「病能者的定義，是原本有著認知疾病的人，在經過訓練和藥物的改造後，得以將疾病存在身上某處，並能自由控制取出與否。」

她露出像是季晴夏那般高深莫測的笑容。

「既然是『疾病』——」

「那麼會『傳染』，也一點兒都不奇怪吧？」

「咦……？」

就像被榔頭重重敲了一下，我感到眼前的情景劇烈搖晃起來。

「季雨冬」說得對。

為何這麼簡單的事，至今都沒人想過呢。

「現在的世界中，到處都充斥著病能。」

「季雨冬」一邊把玩頭上的髮飾一邊說道：

「只要浸泡在其中的時間足夠長久，普通人就會逐漸變成病能者，這種現象，我稱之為『病化』。」

「晴姊之所以一直沒有現世，難不成就是因為——」

「她在『等待』。」

「季雨冬」露出愉悅的笑容說道：

「她在等待病能瀰漫整個世界的時刻到來，經過這麼多年的浸染，人類的『病化』已無法阻止。」

——結局，早已註定。

在病能者的數量增加到足以引發戰爭的那刻，結局就已經定下來了。

「得到『黑霧病』的那些人，是不是就是即將『病化』的人？」

「你說得沒錯。」

「……難怪只有四季之雨會得到『黑霧病』。」

因為「病化」只會出現在普通人身上。

「那麼和我戰鬥的南又是怎麼回事？她為何能接連使用不屬於她的病能？」

「因為她『再度』變成了病能者。」

「季雨冬」雙手交握在身前，以懷念無比的端正站姿說道：

「雖然因為傷重而失去了病能，但她本來就極為接近病能者，加上平常又一直跟季秋人相處在一起，所以『病化』的速度比任何人都快，變成病能者的強度也比任何人都強。」

因為被季秋人所傷，所以失去了病能；接著又因為被季秋人所愛，所以重拾了病能。

南的一生，不斷被殘酷的命運捉弄。

「季武，你所做的事是無意義的，不管用什麼方法，普通人和病能者都不可能完全隔離。」

「季雨冬」指著遠方那因為祭典而開心無比的群眾。

「大家遲早會因為『病化』而變成病能者。」

深深的絕望感壓在了我的心上，讓我幾乎要無法呼吸。

——**不管你做什麼都是徒勞的**。

「世界……必定會陷入混亂嗎……」

「是的，誰都無法阻止。」

映著身後通紅的燈光，「季雨冬」單手扠著腰，露出了季晴夏的自信笑容。

「世界必定會照著我想的發展，我擬定出來的『病能者計畫』也必定會成功。」

季晴夏在製造病能者的那刻，就想到了現在這步嗎？

無法理解。

這是何等恐怖的天才，不但僅憑一人影響世界，還讓世界依照她的想法運轉。

看著開心笑著的她，我本能地感到了恐懼——那是誰都無法撫平、刻在基因中的深深恐懼。

「告訴我，大家逐漸變成病能者後，妳想做什麼！」

要是只剩病能者，藏在腦中的「恐懼炸彈」一樣會引爆！

「妳到底要用怎樣的方法拯救人類！」

「與其告訴你，你不如用自己的雙眼見證吧。」

「季雨冬」笑道：

「在這場祭典結束後，『病能者計畫』就會邁入最終階段。」

我的身體越來越寒冷，雙眼也幾乎無法聚焦。

模糊的視線中，我看到了無數的黑霧人偶從圍牆上跳下來，衝入了祭典會場。

「快阻止那些人偶……」

趴在地上的我大喊：

「好不容易建立了和平，好不容易普通人和病能者就要攜手邁出新的一步——」

「我辦不到。」

「季雨冬」以冷淡的聲音打斷了我的懇求。

「為什麼！」

「因為，那些人偶不是我操控的。」

「別胡說八道了！」

「我沒有說謊。你們一直誤會了，我沒有散布『黑霧病』、沒有操控人偶。除了你之外，我沒有出現在任何人面前過。」

「這跟妳剛剛說的互相矛盾！」

「沒有矛盾！」

「季雨冬」斬釘截鐵地說道：

「那些人身上的『黑霧病』，是『某人』操控水晶王冠和『恐懼結界』後的結果，但我為何要做這樣的事？這事對我一點兒好處都沒有吧？」

「但那些『病化』的人確實得到了黑霧病啊？」

「錯了，你們搞錯順序了。」

「順序？」

「並不是『得到黑霧病後才病化』，而是『病化後的人，剛好都得到了黑霧病』。」

——**別被表象欺騙了**。

「咦……？」

過度衝擊的事實，讓我的頭一陣暈眩。

「你仔細想想，我什麼都不用做，普通人就會自動變成病能者，那我為何要冒著曝光的危險，去散布黑霧病呢？」

「可是——」

「我至今為止只出現在人前三次，一次是在王宮內，其他兩次則是在你和南戰鬥的前後。」

「那麼，影像中拍到的『人形黑霧』是誰？」

「我不知道，但總之不是我。」

「為何所有『病化』的人在失去意識前，都說自己看到了『人形黑霧』？」

「我不知道，但他們看到的人也不是我。」

「究竟是誰操控『恐懼結界』，控制了那些人偶？」

「我沒有權限這麼做，也沒有理由去控制它們。」

隨著「季雨冬」的不斷應答，我的冷汗也越冒越多。

——別誤解我的存在了。

從開頭就錯了。

我們的所有想法，打從一開始就是錯誤的。

「從結果來看，『人形黑霧』製造的混亂幫了我不少忙，但對於他的真實身分，我也和你們一樣一無所知。我唯一比你們明白的只有一件事——」

「你們口中的『人形黑霧』，並不是我。」

這是真的嗎？不，她沒有必要在現在跟我說這種謊。

但若她說的都是事實，那、那——

我們一直找的「人形黑霧」，究竟是誰？

「我再說一次——」

「季雨冬」漆黑的雙眼映照星光，發出了點點寒光。

「我沒有散布『黑霧病』、沒有操控人偶。除了你之外，我沒有出現在任何人面前過。」

兇手另有其人。

——「人形黑霧」是你再親近不過的人。

「我懂了……我終於明白了。」

不管是被機械蝴蝶照到、故意在「病化」的人面前現身、將黑霧蓋在「病化」的人身上，刻意讓人偶出現在選美大賽舞臺上——

這一切全都是有意義的！

「因為只要這麼做，我們的認知就會被『人形黑霧』這個詞綁住！」

我們擅自覺得他就是長那副模樣，甚至還誤認為「季雨冬」就是我們要找的兇手。

仔細想想，他連季雨冬都利用了。

「說不定……他一直很普通地待在我們身旁。」

「季雨冬」靠「不可理解」躲藏在我們身邊。

但「人形黑霧」正好相反，他靠著「理解」待在我們身邊。

故意將印象強烈的人形黑霧展現在我們面前，然後躲在這印象之下。

「這次的凶手……太可怕了。」

再重新思考一次吧。

人形黑霧究竟是誰？

嫌犯有四位，但四位都離凶手甚遠。

於是我們找出了與嫌犯極度近似的另外四位。

這八位中，有一個是名為「人形黑霧」的凶手。

——凶手必須傳播黑霧病。

——凶手可以使用水晶王冠。

——凶手是能自然接近我和裏科塔的熟人。

——這次的凶手並非「嫌犯」，而是「極度近似嫌犯的存在」。

「原來……凶手就是你……」

我不甘地握起拳頭。

「我終於想到了，『第九位嫌疑犯』。」

體內的溫度隨著鮮血流出，我的眼前已什麼都看不見。

「這個『第九位』……就是『人形黑霧』……」

大量的黑霧人偶闖進祭典會場，得到黑霧病的人正悄悄轉變成病能者。

這一年半的和平，正面臨致命的危機。

察覺真相的我，是唯一有可能拯救大家的人，但是不管多麼努力，我都無法移動自己的身體。

「葉柔……」

只能託付給妳了。

「請妳代替我……守護四季……找出『人形黑霧』……」

我相信，妳必定會察覺一切真相。

在「季雨冬」的注視下，我緩緩閉上了雙眼。

DANGER! DANGER! DANGER!

病能

無法理解

病能範圍

無

疾病源頭：無

因為「無法理解」，所以無法認知到。
此病能並未依據任何精神疾病當作源頭，不過內文中提到的庫克船長事件是確實記載在其遊記中的事蹟。
人類在面臨無法接受的事態時（例如至親過世或是大災難），基於自我保護的機制，通常會選擇不接受或是遺忘。
所以也常看到有人遇到意外時，為了精神狀態的健康而忘了所有過程。
我認為這跟「無法理解」的概念是一樣的，所以以此當梗，將其化作了無法認知的黑霧。

DANGER! DANGER! DANGER!

Chapter 5

第九位嫌疑犯

「大量的黑霧人偶闖進了特區！」

機械蝴蝶不斷將情況在我——葉柔耳邊報告。

「得到黑霧病的人身上的黑霧開始散去，本來是普通人的他們多出了代表病能者的蝴蝶印記！」

「聯絡不到四季王和四季之雨的王！」

「又有人得到『黑霧病』了！」

「特區中的民眾陷入了輕微的混亂！」

大量的訊息一瞬間進到我的腦中，讓我的腦袋開始高速運轉。

選美大賽結束後，我回到王宮中更換服裝，但就在此時，狀況急轉直下。

四季的兩個王雙雙失去聯絡，緊急機制啟動，將整個四季的指揮權交到了我手上。

不明的敵人入侵、得病的人逐漸變成病能者，混亂和不安不斷擴散。

每一個危機，都是足以讓四季覆滅的危機。

「別慌。」

我緊握雙拳，如此告誡自己。

「要是一慌，一切就結束了。」

雖然和平搖搖欲墜，但現在還不到放棄的時候。

「A到C組機械蝴蝶散發『死亡錯覺』，拖住黑霧人偶的腳步。」

我不斷地對機械蝴蝶下達指令。

「將逐漸變成病能者的四季之雨人民集中到一塊，用『瞼盲』和『萬物扭曲』遮蔽他們。」

雖然全都是拖延時間的方式，但是目前也只能這樣了。

在找到季武和裏科塔之前，只能由我先想辦法應付了。

「**春之曇、夏之晴、秋之人、冬之雨——此為『四季』。**」

對著眼前的機械蝴蝶，我將自己的身影投影到全四季面前。

「**大家好，我是四季王的輔佐——葉柔。**」

我試著露出我所能展現出來最和善的笑容。

「**想必大家注意到了一些異狀，但這全都是為了祭典第二天的前置準備，請大家不要驚慌。**」

配合我的話語，主持人巫濡也故作開朗地主持，安撫大家的心。

不愧是專業的偶像，不用溝通就知道我想做什麼。

「**還請大家先行享受祭典中的攤販，靜待我們的通知。**」

我雙手交握身前，向大家微微低頭。

「**我和四季王，必定會準備一場足以讓大家永生難忘的開心活動，請大家期待。**」

我關掉機械蝴蝶，轉身面對前方。

不知何時，我已被十多具黑霧人偶包圍。

偌大的王宮中，只有我孤身一人。

大腿處的蝴蝶記號就像燃燒般光亮，「注視致命」的病能不斷提醒我眼前的存在有多危險。

「來吧。」

我緩緩抽出腰間的「透」。

「在四季王不在的現在，就由我來守護四季。」

用力一咬牙，我吞下藏在臼齒中的毒藥。

越接近死亡，我就越強。

這個毒藥，是我留下的最後殺手鐧。

它可以讓我的身體一瞬間接近死亡。

我感到身體變得冰冷，心臟的跳動也降到了最低。

對現在的我來說，任何東西都是足以致命的。

我眼前的視野瞬間打開，清楚地看到了黑霧人偶朝我撲過來。

「靜。」

我將身體凍結住，讓自己徹底歸為無。

沒有呼吸、沒有心跳、沒有體溫。

黑霧人偶的手併成手刀，朝我的胸前刺了過來——

「斬！」

在它的手指觸到我胸口的瞬間，我揮出的刀子後發先至，將襲來的黑霧人偶斬成碎末。

「靜。」

我再度停住自己的動作和存在。

眼前的一切全數靜止下來，彷彿只有自己的時間流逝與他人不同。

我在三具黑霧人偶起步的瞬間，將它們的雙腿斬斷。

「還有二十八具。」

我一邊斬一邊數著。

此時，一個黑霧人偶站在我面前，舉起了雙手。

黑霧逐漸在它的手上凝聚，化作長條形——變成了一把刀。

拿著黑霧刀，人偶朝我揮出了斬擊。

洗練的刀勢讓我認出了是家族特有的刀術。

我將「透」刺出，讓自己的刀尖碰到它的刀尖。

——乒！

一聲清脆聲響過後，黑霧人偶的黑霧刀四散，化成了粉末！

「技的含量不足，回去再練。」

我繼續將刀子前伸，刺穿了眼前的黑霧人偶。

「剩下二十七具。」

黑霧突然大盛。

十具黑霧人偶圍住了我。

他們一同緩緩正坐下來，發動了我再熟稔不過的招式。

「『靜之勢』。」

絕對的防護圈同時發動，讓我完全無處可逃。

靜之勢是守護的刀勢，只要侵入領域，就會被瞬間拔出的刀斬斷。

要破解這樣的招式，只有一種方式。

我將「透」舉到胸前，深吸一口氣。

十把黑霧刀抵達我的身體，讓我的肌膚感受到刺骨的寒光。

但就要再繼續深入的瞬間，所有黑霧刀發出「乓」的聲響同時斷裂！

「只要刀比你們更快，這招就對我沒用。」

它們站起身，想要重整態勢對我進攻——但馬上就身形崩潰，落到了地上。

在剛剛斬斷刀時，我順道將它們也斬了。

「剩下十八具。」

我緩步往前走去，也不知是不是我的錯覺，我感到面前的黑霧人偶微微後縮，就像是因為恐懼後退。

真是懷念啊。

雖是被敵人圍攻的緊急狀態，但此情此景，讓我想起了在「家族之島」被圍攻的時候。

「啊……」

黑霧大量地從人偶身上冒出來。

「啊啊啊啊啊啊啊啊啊啊——！」

「這就是四季王說過的『進化』嗎？」

我舉起刀，嚴陣以待。

所有黑霧人偶都對我舉起了刀——

「『靜之勢』、『萬物扭曲』、『臉盲』！」

三種複合病能朝我襲來！

延伸且不可視的刀光一瞬間籠罩我！

「沒用的！」

就算結合再多病能，只要足以致命，那就會被我看見。

那是絕對的視野，無法被任何事物所扭曲，即便是「不可理解」都不能阻止。

我用刀劃出一道銀色的圓，將攻擊全數削斷！

「看好了，這才是真正的家族之刀。」

我緩緩正坐下來。

「『靜之勢』。」

——空氣一瞬間凍結了。

黑霧人偶全數停止動作。

我緩緩將「透」收進刀鞘，但即使我擺出毫無防備的樣子，它們也沒有任何行動。

「剩下一具。」

一陣微風吹來，將站著不動的人偶吹出一層煙。

十七具黑霧人偶被我斬成了微粒，但因為砍得太過細碎，它們連倒下都做不到。

只能等待時間慢慢將它們風化。

「啊啊啊啊啊啊啊啊啊啊啊——————！」

僅剩的一具人偶，喊出了淒厲的大喊。

它身上冒出的黑霧，巨量到足以將王宮填滿。

但不管黑霧再濃，我還是看得到它——清楚地就像在我面前。

黑霧逐漸凝聚、收縮，被僅存一具的人偶吞噬。

一切歸於平靜。

剛剛的騷亂就像是假的，黑霧人偶停止了動作，默然佇立。

彷彿暴風雨前的寧靜，讓我不由自主地緊張起來。

我將手按在刀子上，做好不管什麼異變都能應付的準備。

「這就是族長的力量嗎？」

「——咦？」

聽到熟悉的聲音，讓我的手因為驚訝而微微鬆開。

「四感共鳴！」

眼前的黑霧人偶一瞬間逼到我的面前，揮出手刀將我的「透」一分為二。

跟著我數十年的長刀，就這樣斷裂，落到了地上。

「怎麼會……」

在驚慌無比的我面前，黑霧聚成了王冠、白袍和綁在右手腕上的髮帶。

「竟然是四季王……」

進化成季武的黑霧人偶，朝我露出了理解的微笑。

「五感共鳴。」

黑霧人偶的身影瞬間消失。

即使是開到最大的「注視致命」都看不到他。

砰！

一道掌擊打在我的側腹部，我趕緊放掉全身的力道，發動「完全受身」。

人偶的手深陷我的腹部，順著這道強烈的力道，我向旁飛去。

「噗哈——」

我深深吐了一口氣，將蓄在身體內的力道完全卸掉。

真是沒想到，我竟會以這種方式，和季武進行一場以命相搏的戰鬥。

「來吧！」

刀已斷，但我的心中仍有刀。

大腿根處的蝴蝶記號亮出幾乎要讓人睜不開眼的熾盛光芒！

「五感共鳴——推！」

季武的手就像鞭子般甩了過來。

我直覺地知道那是不能接的招式！就算用完全受身也不行！

回歸基本吧。

刀的根源不過是再簡單不過的動作。

我側轉身，將手擺在腰間。

「斬！」

揮出的手刀打在襲來的手上，讓黑霧人偶的雙手轉移了方向。

攻擊掠過我身邊，將身後的石柱打塌。

「『推．二式』！」

一個回身，黑霧人偶的手順著剛剛的力道轉了一圈，再度打到了我面前。

光是風壓就將我的臉割裂，也讓我幾乎要站不住腳。

「斬——！」

我依然揮出手刀，抵擋了這道攻擊。

手掌的邊緣出了血，骨骼也嘎嘎作響。

很笨拙、很不華麗。

但這是目前的我所能揮出的最強斬擊。

「『推．三式』——第六感！」

黑霧人偶的手已經快到消失了。

那股神速甚至連風壓都跟不上。

在生死交關之際，我的腦中僅存母親和葉藏教給我的刀術。

那是純粹無比的斬擊，也是我唯一可以依靠的事物。

「慢……再慢一點兒。」

不只是靜止那麼簡單，而是要將自己殺死。

就連自己的存在本身都忘記。

蹲下身子，彎曲膝蓋。

黑霧人偶的掌觸及我的鼻尖。

但這瞬間，我連眼前的黑霧人偶都看不到了。

就是因為什麼都沒有，所以才知道自己握著刀。

因為最慢，所以最快。

因為最弱，所以最強。

因為總是毫不逃避地注視絕望——

所以我才能打敗一直以來看到的致命！

「斬啊啊啊啊啊啊啊——————！」

揮出的手與黑霧人偶的手相撞，發出了眩目的火花。

——砰！

在一聲巨響後，我和黑霧人偶雙雙停止了動作。

我的嘴角流出血絲。

「剩下……零具。」

我眼前的黑霧人偶緩緩倒下。

我超越了自己，抵達了從沒抵達的境界。

但是，我連為此開心的餘裕都沒有。

「再來吧，葉柔。」

季武的聲音再度響起。

又是十多具人偶從天花板處跳下來，包圍住我。

這次的他們，全都戴著王冠、穿著白袍。

「哈哈……」

這真是讓人笑不出來的場景。

外頭的幾百隻黑霧人偶，也都強成這樣嗎？

若真的是如此，那四季這次真的再也無可救藥了。

「咳！」

我吐出了一大口血。

毒藥的毒性不斷蔓延，我感到體內的血液就像冰塊般寒冷。

「葉柔輔佐！」

就在我差點陷入絕望時，一個出乎我意料之外的人拯救了我。

不是感官共鳴的季武、不是僅存實話的裏科塔、不是最強人類的雲悠然。

她什麼高手都不是，只是個再普通不過的人。

「妳還好嗎？沒事吧？」

晃動直達腳跟的銀髮，巫濡跑到我的面前。

「聽得到我的聲音嗎？」

她扶住快要站不住的我，關心地問道。

可能是我一直沒出現，擔心的巫濡才忍不住跑到王宮來探望我的狀況。

「快逃……巫濡姊姊。」

這些敵手，不是妳能應付的。

「你們這些傢伙——」

巫濡怒目瞪視周遭的黑霧人偶，毫不畏懼地大罵道：

「我不知道你們是誰，但是這樣欺負一個小女孩，你們難道沒有一點兒羞恥心嗎！」

當然，黑霧人偶完全沒因巫濡的話而動搖。

其中一具人偶緩緩走向巫濡，朝她的銀髮伸出了手——

「不要——！巫濡姊姊！」

過於害怕接著要出現的情景，我緊閉雙眼。

但因為「注視致命」的病能還在運作，導致我只能清楚地看見眼前的一切。

「嘿！」

巫濡一個漂亮的過肩摔，將黑霧人偶摔倒在地。

「……………」

呢！」

看著眼前的情景，我目瞪口呆到完全說不出話來。

巫濡「啪啪」的拍掉手中的塵土，一臉了不起地說道：

「別小看偶像啊！為了應付不知何時會出現的跟蹤狂，我可是學了不少防身術呢！」

她招了招手說道：

「要是不怕死的，歡迎放馬過來！」

聽到她的挑釁，所有黑霧人偶一擁而上！

「等一下！不能一次這麼多人啦！」

巫濡嚇得花容失色，邁開修長潔白的雙腿開始逃跑。

「這是犯規——犯規！」

黑霧人偶跟在巫濡後頭，就這樣繞著王宮內部開始了你追我跑的遊戲。

「呀——！不要過來！呀啊————！」

巫濡不斷尖叫。

剛剛的緊張感完全喪失，氣氛甚至變得有些滑稽。

這是怎麼回事？

黑霧人偶要是有心抓巫濡，她應該怎樣都逃不掉才對啊？

「故意放水？不可能啊……」

但現在的黑霧人偶確實腳程跟一般人差不多，行動也沒有任何特異之處。

仔細一看，會發現黑霧人偶不知何時改變了形體。

本來戴著的王冠和穿著的白袍已消失，變回了最初的黑霧人偶形態。

「原來如此……」

我懂了。

罩在人偶身上的，是「恐懼結界」的恐懼。

也就是說，它會吸取他人最恐懼的形象並幻化出來。

難怪剛剛和我戰鬥的黑霧人偶都使用刀術，在最後時則出現了我認為最強的人——季武。

為了印證自己的想法是否正確，我撿起斷掉的「透」。

「斬。」

追著巫濡的黑霧人偶全數被砍斷，脆弱得就像紙糊一般。

看著地上的碎塊，我終於醒悟了這些黑霧人偶是怎麼回事。

「遇強則強，遇弱則弱。」

若是在季武或是裏科塔那種面臨過無數生死危機的高手面前，那幻化出的自然是最為可怕的敵人。

但面對巫濡這樣的普通人，他們的恐懼就算再大，也不會脫出普通人的範疇。

也就是說，要打敗這些黑霧人偶，其實比想像中還簡單。

——人偶設計成必須普通人和病能者一起合作才能打倒。

「四季……有救了。」

一道希望的曙光出現在我腦中。

「葉柔輔佐～～～謝謝妳！」

開心的巫濡衝到我面前想要抱過來，我趕緊豎起手掌阻止了她。

「巫濡姊姊，妳快回到舞臺準備一下，我要向全四季的人講話！」

「咦？直接在這邊用機械蝴蝶投射影像不就好了嗎？」

「要平復大家的不安，直接談話才是正確的方式。」

「好，我馬上處理！」

接到指令的巫濡頭也不回地跑走了。

「接著——」

看著地上的黑霧人偶殘骸，我閉眼開始思考。

在解救大家之前，我必須將最後的謎團解開。

「人形黑霧」究竟是誰？

雖然我知道的事情並不全面，但也就是因為這樣，我才能拼出真相。

再將事情整理一次吧。

一開始，「人形黑霧」出現在四季之雨中。

一切都是從這邊開始的。

目擊者得到黑霧病，混亂和不安也隨之擴散。

為了應付「人形黑霧」，我們舉辦了祭典。

當查出那些黑霧是「恐懼結界」中的恐懼時，可以知道有八位嫌犯。

我、季武、科塔、裏科塔、季雨冬、季曇春、季晴夏、季秋人。

「其實，答案很明顯——甚至可以說一開始就出現了。」

——誰能使用水晶王冠？

——誰能如此熟練地改變「恐懼結界」的設定？

——誰製造了人偶，又是誰知道人偶藏匿的地方？

「除了這八位嫌犯外，其實還存在著『第九位嫌犯』。」

因為能隨時調整設定，所以他可以出現在病能者無法出現的四季之雨中。

因為知道自己會提議要舉辦祭典，所以才預先製造了人偶，做好了準備。

「能做到這些事的，僅有一人。」

我一邊這麼說，一邊看向身旁的石柱。

可能知道我已發現他，第九位嫌犯——也就是人形黑霧，緩緩地從王宮中的石柱後方走了出來。

——**這次的凶手並非「嫌犯」，而是「極度近似嫌犯的存在」**。

「你雖是『人形黑霧』，但連你自己都忘了自己是『人形黑霧』。」

若是開到五感共鳴，那麼要改變記憶也是小事一樁吧。

「因為你的行動完全沒有異狀，所以就連裏科塔也無法察覺你就是犯人。」

月光從王宮頂處灑了下來，照亮了人形黑霧。

黑霧從他身上散開，將他的真面目顯現了出來。

「第九位嫌疑犯——」

「就是『改變記憶前的季武』。」

聽到我這麼說，四季王季武露出了莫測高深的笑容，像是一切都在自己掌握之中。

DANGER! DANGER! DANGER!

病能

雙重靈魂

病能範圍

自身

疾病源頭：解離性身分疾（Dissociative Identity Disorder，DID）

這大概是最常被小說和電影拿來當作題材的精神疾病了，有一本神作叫作「推理要在殺人後二」，它也用了雙重人格這個梗，寫得非常好，甚至說該作者是天才也不為過。

解離性身分疾患另有一常見的名稱為「多重人格」（如果只有兩個就稱作雙重人格），意指一具身體裡寄宿著多個靈魂。

多重人格患者雖身體內有多個人格，但每一個人格都是獨立且完整的，而且人格之間的種族、性別、年齡都有可能完全不同，例如患者肉體雖是二十歲的女性，但她體內有可能有八十歲的老人人格，或是六歲的嬰兒人格。

有一本書叫作「24 個比利」，說的就是一位名為比利的人，身體裡頭寄宿了多達 24 位的人格，聽起來很像創作，但其實這是真實的案例。

人格間的記憶有可能互通，也有可能完全不共通，而且並不是常顯現在外的就是「主人格」。曾有一個案例是某年輕女子有雙重人格，但一直以來顯現在外的其實是分裂出的人格，而真正的主人格在身體深處沉睡長達十五年之久。

患者在人格轉換時，通常會伴隨著劇烈的頭痛，此病的成因眾說紛紜，但目前較為主流的說法是：在構成人格和個性的孩童時代時，受到了某種衝擊而傷害，導致人格分裂或是發展不全。

科塔和裡科塔共用一副肉體，其狀況就跟解離性身分疾患是一樣的。順道一提，當人格是科塔時，她的胸口處會浮現象徵病能者的蝴蝶記號，若是裡科塔時則會消失。

目前本系列還沒有以此認知疾病發展出的病能，但說不定之後會出現的。

DANGER! DANGER! DANGER!

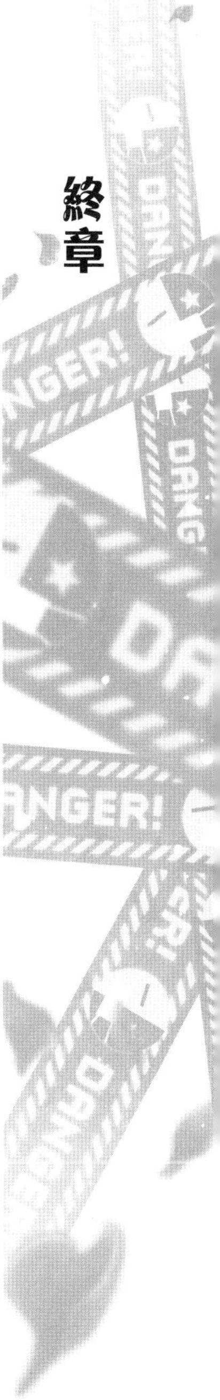

終章

「我就知道妳能察覺真相的。」

我點了點頭說道：

「相信妳真是太好了。」

「告訴我理由。」

「……」

「告訴我這麼做的理由。」

坦白說，我本來是不想告訴葉柔其中深意的。

但葉柔擋在我面前，一副要是我不說明清楚就不放我走的模樣。

我第一次看到她如此堅持和認真。

要是我閉口不言，想必她會和我大打一架吧。

「坦白說，因為記憶被改變過，所以我也想不起自己做了什麼。」

但當確定「人形黑霧」是自身後，我很快地就明瞭了過去的我想做什麼。

畢竟雖然改變了記憶，但那仍是我自己。

「我想，事件的開端，應該是我發現了『病化』和『彷彿季雨冬』的存在。」

我不知道我是怎麼發現的。

可能是無意中撞見，也有可能是使用了第六感，一不小心聽到了「世界的聲音」。

「當我發現這兩者後，我就預想到今天的糟糕局面。」

無數的普通人「病化」，四季崩潰，世界再度陷入混亂。

「為了拯救大家，我開始著手準備。」

製造人偶、調整「恐懼結界」的設定、在水晶王冠中錄下給自己的影像。

「接著發生的事，跟妳的猜想大致是相同的，我操作『恐懼結界』，將黑霧覆蓋在自己身上，偽裝成『季雨冬』，我進入四季之雨，故意讓機械蝴蝶拍攝到。」

我知道在這麼做後，即使調整記憶，我和裏科塔也一定會拚命尋找「人形黑霧」。

「所以……這樣的布局，是為了『讓我們所有人拚命尋找人形黑霧』嗎？」

「調整記憶前的我，可能不知道蓋在『季雨冬』身上的是『不可理解』吧？所以我利用了這樣的方式，給了之後的我們尋找『人形黑霧』的動機。」

看著眼前的葉柔，我緩緩說道：

「我堅信只要我們合力，一定能發現找出『季雨冬』的方法來。」

這麼做的用意還有另一層。

那就是誤導我自己，不要讓我發現我就是凶手。

因為一旦過早發現，那就會被裏科塔看穿，之後的計畫也就無法執行。

「散布黑霧病，也不是為了要製造混亂，相反地，我是要穩定局勢。」

——並不是「得到黑霧病後才病化」，而是「病化後的人，剛好都得到了黑霧病」。

我改變了「恐懼結界」的設定。

只要你有「病化」的徵兆，我就將黑霧蓋到你身上。

「這樣，就能遮掩『病化』，延緩大家發現普通人其實會轉變成病能者的事實。」

這計策確實是成功的。

雖然有幾百人得到黑霧病，但混亂並沒有發展到無法控制的地步。

我期待在這段爭取來的時間中，我們能找到真正的「人形黑霧」，向其詢問「病化」的解決方法。

「不過，其中還是出了一點兒小小的意外。」

那就是南的事。

「病化」後的她染上了黑霧病。

要是我不追過去，她還不至於會有事。

但就是因為吸取了我的恐懼，她才被黑霧所操控，莫名其妙地跟我打了一架。

她剩餘的生命，有一部分是被我消耗的。

我對不起她和季秋人。

「原來如此，一切的自導自演，都是為了解救四季。」

像是鬆了一口氣的葉柔撫著胸膛，露出了敬佩的表情。

「四季王就如我深信的一般厲害，我為曾經懷疑你這事道歉。」

葉柔跪了下去，三指著地，向我行了一個正式的禮。

看著深深低下頭的她，重重的罪惡感壓在了我的心上。

「我就說了……不要這樣看待我。」

就像是要將聲音擠出牙縫，我艱難地說道：

「我沒有妳想得那麼了不起。」

妳不知道，我為妳準備了怎樣的結局。

「不，四季王很了不起。」

葉柔抬起頭，微笑道：

「雖然採用的方式有點奇怪，但你確實找出了『季雨冬』，也沒讓『病化』的事被大家察覺。」

「但是，問題還是沒有解決。」

隨著時間過去，越來越多人「病化」，季晴夏的「病能者計畫」無人能阻止。要是就這樣繼續下去，四季的和平依舊會崩毀。

「四季王都做到這種程度了，想必你也預備好了消除大家不安的方法。」

「妳說得對，我確實準備了。」

十幾具黑霧人偶從高處跳下，站到了我的身後。

「這些黑霧人偶，就是消除一切不安的最終手段。」

「雖然我不懂這些黑霧人偶為何能做到這種事，但不管四季王的計畫是什麼，我都會盡力配合的。」

「……」

「四季王？」

看著表情凝重、突然沉默下來的我，敏感的葉柔似乎察覺到了不對勁。

「妳說……妳什麼都願意為我做，是嗎？」

「……是的，怎麼了嗎？」

「那麼，將我當成惡人吧。」

「咦？」

「將我當成策劃一切的『幕後黑手』吧。」

若只是要找出「季雨冬」，我大可不用消除記憶，自導自演到這地步。

只要普通地跟裏科塔商量，我們一樣可以盡自己全力找出「季雨冬」。

我之所以化身成「人形黑霧」，就是預想到了即使找到「季雨冬」，問題依然無法解決的現狀。

「『人形黑霧』是我。」

我不斷地將殘酷的計畫說了出來。

「散布『黑霧病』的人是我。」

「將普通人『病化』的人是我。」

「操控黑霧人偶襲擊大家的也是我。」

「我嫉妒身為輔佐的葉柔比我人氣還高，於是做了這一切，想要摧毀四季，並藉著這股混亂刺殺妳。」

——**這個世界，是需要邪惡的。**

「四季王，你該不會是要我——」

震驚的葉柔不斷後退。

「沒錯，將一切的錯都推給我，消除大家的不安吧。」

這就是過去的我，寫給現在的我的劇本。

「怎麼可以這樣……」

葉柔握著小小的拳頭大喊：

「我做不到這種事！」

「妳自己也知道，這是唯一一條解救大家的路了。」

「………」

聽到我這麼說，葉柔的臉色一片蒼白，陷入了沉默。

「已經沒有其他路可走了，葉柔。」

「你從多早以前就布了這個局？」

「我……」

「仔細想想，就連不斷將功勞推給我都是……」

我第一次看到不管面臨怎樣絕境都昂然面對的葉柔，露出了絕望的神情。

「葉柔，為了自己和大家的正義，我願意當個邪惡。」

只要率領大家，將來犯的黑霧人偶擊退，妳就會取而代之，成為新的四季王。

將我當成罪人——這就是拯救四季的計畫。

「妳的母親說得對，當個雙手染滿血腥的反派，比當個人人都稱頌的英雄還要困難、偉大多了。」

我走到雙眼一片黯淡的她面前，整了整自己的衣服。

「葉柔輔佐聽令。」

「等一下！不要！」

就算聽到葉柔的哀求，我依然沒有停止我的話語。

「這是身為四季王的我，交付給輔佐的最後一項任務。」

「不要……求求四季王——求求你不要再說了。」

我閉上眼，不去看落淚的葉柔。

咬著牙，我不斷對她說道：

「請將我定義為邪惡吧。」

「請將我定義為大惡人吧。」

「請將我定義成破壞和平的混蛋吧。」

好想安慰她——好想停止傷害她的話語。但現在的我背負整個四季，我不能停下腳步。緊握雙拳，我拚命忍住想要抱住葉柔的衝動。

「不管妳再崇敬我，妳都要讓我成為『必要之惡』。」

我將水晶王冠摘了下來，放到葉柔頭上。

「即使最後會被全體人類唾棄、痛恨、害怕、恐懼——」

「妳都必須讓我完成王最後的工作。」

終章之後

我按住胸口的傷口，氣喘吁吁地登上了舞臺區附近的一棟高樓。

從這邊可以很輕易地眺望到舞臺。

雖然剛剛在葉柔面前沒露出疼痛的模樣，但其實那都是逞強，我已經快因劇痛而昏倒了。

但不管傷勢再嚴重，我都必須撐住。

我必須親眼見證四季王的終結。

「**讓我們鼓掌歡迎葉柔輔佐登臺！**」

手拿麥克風的巫濡大喊。

在眾人的注目下，葉柔緩緩登上了舞臺。

「春之曇、夏之晴、秋之人、冬之雨——此為『四季』。」

她以和緩的語氣，說出了固定的開場白。

「四季王之所以設定這樣的臺詞，是因為他不想忘了對他來說很重要的四個人。」

所有人都安靜下來，專心聽著葉柔說話。

「他一直是個溫柔過頭的人，比你們想的還要溫柔許多。」

仔細看會發現，葉柔的眼角帶著淚痕。

看來，對於我最後的命令，她比我想像中的還要排斥。

「大家看到現在入侵特區作亂的黑霧人偶了嗎？」

葉柔指著那些正在暴動的人偶說道：

「那些人偶，全都是四季王一手操弄。」

聽到此言，所有群眾一陣譁然。

「不只如此，就連你們會得到『黑霧病』這事，也全是四季王一手安排。」

騷動聲變得更大，大家面面相覷，露出不敢置信的神情。

「不過請大家安心，事態沒有大家想得嚴重！只要應對得當，任何人都可以解決黑霧人偶。」

葉柔指著遠處的黑霧人偶向大家說道：

「黑霧人偶會吸收人的恐懼，所以請四季之晴和四季之雨的大家進行合作。先由普通人面對黑霧人偶，再由病能者解決它。」

沒錯，只要順序不亂，解決人偶的方式其實意外簡單。

先讓人偶變成威脅度不高的對象，再由病能者解決它。

「請大家記住一件事。」

葉柔以堅定的語氣說道：

「你們至今所看到的一切，全都是四季王的陰謀。」

她往前踏了一步，再度重複剛剛的話。

「他就是一切的幕後黑手！」

聽到這樣的話語，所有人都因為震驚而陷入了沉默。

「結束了……」

安心和失落夾雜，讓我不禁低下頭來。

「一切都結束了。」

葉柔確實遵照我最後的指令，將所有錯都推給了我。

我設定的黑霧人偶雖看似狂暴，但其實都設定了不要殺人的限制。接著，只要葉柔率領大家將黑霧人偶擊退，我就能成為「必要之惡」，而她也會成為新的四季王——

「請大家努力擊退黑霧人偶吧！擊破數量越高，分數就越高，最後統計總分高的國家就是這場祭典的勝者。」

——咦？

出乎我意料之外的發展，讓我抬起了頭。

「為了讓大家享受祭典，四季王設計了這樣的黑霧人偶。」

葉柔露出笑容說道：

「是不是嚇到大家了啊？」

等一下，這跟說好的不一樣。

「得到黑霧病的人，正在逐漸變成病能者，不過別擔心，這也是祭典活動的一部分。」

在目瞪口呆的我面前，葉柔不斷說道：

「他們會『短暫』的變為病能者，並跟大家一起打倒黑霧人偶。」

這是謊言。

無疑是個大謊言。

「祭典第二天的特別活動——名為『黑霧人偶大作戰』。」

但是隨著葉柔的話，大家臉上的不安逐漸消失。

笑容重回了大家的臉上。

「竟然……扭轉了這一切？」

我簡直不可置信。

「我在此宣布，第二天的『特別活動』展開。」

拔出腰間的刀子，葉柔大喊：

「我是四季王的輔佐，在四季王不在時，我就是王！」

「我依循他的偉大帶領你們。」

「我依循他的溫柔理解你們。」

「跟著我、跟著四季王——跟著那個讓我欽羨不已的目標。」

「讓我們一起打倒黑霧人偶，拯救這個四季吧！」

盛大的歡呼聲響起，所有人都爭先恐後地向前跑，和那些黑霧人偶進行戰鬥。

一掃剛剛的陰霾，祭典再度回到了一開始的熱鬧。

此時我發現了，葉柔根本就沒戴著我給她的水晶王冠。

她違抗了我最後的命令。

像是早就料到我會站在一旁偷看。

在舞臺上的她仰頭看著遠處的我，伸出了小巧的舌頭。

「呸——」

她做了一個可愛的鬼臉，就像是在報復我剛剛的殘酷。

「哈哈……」

我不禁坐倒在地。

「哈哈哈哈哈哈哈哈——————！」

我笑到胸口不斷出血，但我還是止不住笑意。

真不愧是葉柔。

真不愧是我最為敬佩的領導者。

竟總是能輕易超出我的想像。

「我不是早就說過了嗎？」

一陣輕柔的聲音從我上方響起，我抬頭仰望。

只見葉柔藉著機械蝴蝶的幫助，飛到了我的面前。

「我要以平等的姿態，待在你的身邊。」

她露出了笑容說道：

「那麼，我怎麼可能貶低你，將你塑造成惡人呢。」

「雖然這麼說，但妳還不是一直過度崇拜我嗎？」

「你還不懂嗎？四季王——不，季武哥哥。」

葉柔降了下來，落到地上。

「現在的你，就是如此了不起的人。」

她踮起腳尖，將水晶王冠戴回了我頭上：

「能想出這樣的計策，我對你的崇敬，僅是再客觀不過的評價。」

「……是這樣嗎？」

「就是這樣。」

葉柔突然整了整衣服，以慎重無比的態度跪在我的面前。

「季武哥哥，我的雙眼不能視物，所以，很多事我做不到。」

不知為何，她再度重複了一年前的話。

「我無法為你做飯。」

「我無法為你修補衣服。」

「我無法為你打掃房間。」

「雨冬姊姊能做的事，我或許一件都做不到。」

葉柔低下頭，深深拜了下去。

「但是這樣的葉柔感謝你、敬佩你，也以身為你的輔佐為榮。」

她抬起頭來，露出了笑容：

「即使你嫌棄這樣的葉柔——

「也請讓我待在你的身邊吧。」

看著她的笑容，我微微嘆了一口氣。

「那麼……就再陪我一段日子吧。」

我將她扶了起來，兩人相視而笑。

此時，一陣黑霧旋風突然颳了起來，在我和葉柔的面前聚成人形。

那個不知道是季雨冬還是季晴夏的人即將現世。

我知道的，一切將要終結。

病能者計畫即將邁入最終階段。

我不知道現在的我究竟追上季晴夏了嗎。

但是——

「四季王，你可以的。」

葉柔一邊這麼說，一邊牽起了我的手。

此時，我突然想到了我曾問過她的一個問題。

——**這是不是代表，我正變得和晴姊、院長一樣呢？**

記得那時的葉柔，是這麼回答我的——

——你跟她們完全不同。

此時此刻，看著葉柔的笑容，我終於明白了我和她們最大的不同在哪邊。

——那就是這樣的葉柔都認可我了。

我無比地敬佩她，而這樣的葉柔最崇拜的人竟是我。

那麼，我似乎可以再多點自信。

「來吧，晴姊。」

看著眼前露出漆黑笑靨的「季雨冬」，我毫不畏懼地說道：

「將妳擬定的救世計畫，完整地呈現在我面前吧！」

（完）

深表遺憾，我病起來連自己都怕

後記 第一章

小鹿：「大家好，我是小鹿。」

葉藏：「大家好，我是登上封面後，在這集又神隱的葉藏。」

葉柔：「沒有姊姊的第六集根本就是垃圾！大家可以現在把書撕了！」

小鹿：「…………」

葉柔：「等一下，冷靜想想，撕掉好像不太好，大家先不要撕。」

小鹿：「妳終於意識到不對了——」

葉柔：「等看完後記中的姊姊再撕。」

小鹿：「不是這樣的吧！」

葉柔：「撕的時候要避開姊姊在後記說的所有句子喔，要是你們敢撕到有關姊姊的部分……我就把你們給撕了。」

小鹿：「妳到底期待讀者做出多高難度的撕法！」

葉柔：「連撕個書都不會，看什麼書。」

小鹿：「會撕書的人才沒資格看書好嗎？」

葉藏：「葉柔，妳先冷靜一下。」

葉柔：「姊姊，妳剛剛說什麼？」

葉藏：「我說，妳先冷靜一下。」

葉柔：「大聲點。」

葉藏：「咦……？」

葉柔：「大聲點——！」

葉藏：「妳冷靜一下——！」

葉柔：「很好，奉勸各位讀者，撕書時，請一定要避開這句。」
小鹿：「剛剛那句已經快占滿一頁了！這是什麼刁難人的遊戲！」
葉柔：「這才不是遊戲呢……我是很認真的想要把觸犯禁忌的人撕了。」
小鹿：「妳的個性在後記是不是完全崩掉了啊！」
葉柔：「不，說不定這才是露出本性，而在本傳的我才是崩掉喔。」
小鹿：「這也太可怕了吧？」
葉柔：「我這邊也委婉地勸告小鹿，要是下集妳不讓姊姊多出場，那我就只好吃一種料理了。」
小鹿：「什麼料理？」
葉柔：「『手撕鹿』。」
小鹿：「這到底哪裡委婉了！虧妳想得出這麼血腥的料理！」
葉柔：「手撕雞可以，沒道理手撕鹿不行。」
小鹿：「這兩者大小也差太多了吧。」
葉柔：「那『手撕小鹿』。」
小鹿：「我不是叫妳這樣改！這不是越改越有針對我的感覺了嗎？」

葉藏：「葉柔妳冷靜點——！」

葉柔：「姊姊妳吵死了！」

葉藏：「咦咦——！」

葉柔：「我現在在跟小鹿說很重要的事，妳為什麼就不能安靜一點呢！」

葉藏：「…………」

葉柔：「為了讓妳上封面，為了讓妳成為深表第一人氣女主角，現在就是關鍵時刻！」

葉藏：「可是，我並不想——」

葉柔：「這都是為了妳好。」

葉藏：「但是——」

葉柔：「雖然現在妳不懂但是過十年後一定會感謝我的現在就安靜點乖乖聽我的安排好嗎妳還沒出社會看的事情不夠多不知道這個世界有多麼競爭機會是要靠強硬手段去爭取的所以妳就不要表達自己的意見聽我的只要忍耐幾年就好這麼簡單的事情為何妳做不到呢妳還不懂我的苦心嗎這一切都是為了妳好啊！」

葉藏：「嗚、嗚…………（躲去牆角哭泣）」

小鹿：「咦，好有臺灣家長的既視感……（揉眼）」

葉柔：「總之問題已經解決了，來，小鹿，我們繼續。」

小鹿：「真的可以嗎？看葉藏那崩潰的樣子，即使想不開都有可能耶。」

葉柔：「我最懂姊姊了，她絕對不會這麼做的。」

小鹿：「妳那個持續不斷的家長語錄到底要持續到何時？妳還不明白這集葉藏之所

以存在感那麼低，是因為妳的關係嗎？」

葉柔：「咦？」

小鹿：「因為這集是妳主場，所以葉藏才會毫無戲分——」

葉柔：「好，我的錯，我去自殺。」

小鹿：「等一下——！」

葉柔：「我馬上切腹，砍頭的介錯就麻煩小鹿了。」

小鹿：「妳行事可以不要這麼極端嗎？妳又不是『推理要在殺人後』第二集中的司馬焰。」

葉柔：「為了成就姊姊，我死掉後麻煩把我的頭做成特裝版贈品。」

小鹿：「這是什麼獵奇至極的贈品！」

葉柔：「唔嗯……抱歉，仔細想想這麼做好像不太行。」

小鹿：「這是需要仔細想才知道不行的東西嗎？」

葉柔：「我的頭只有一顆，似乎不夠做特裝版。」

小鹿：「原來妳說的不行指的是這個！」

葉柔：「那把頭髮剪下來如何？一綹一綹夾在書裡當作首刷特典。」

小鹿：「好恐怖！我打從心底為妳的想法感到恐怖！」

葉柔：「首日斷頭、次日削髮、三獻其身，葉藏姊姊死而復生。」

小鹿：「妳到底要幫『推理要在殺人後二』打幾次書！還有葉藏根本就還沒死啊！」

葉柔：「等一下，如果姊姊死後書才能大賣的話，那不如把她給——」

小鹿：「妳到底在想什麼！」

葉柔：「為了製造話題和讓姊姊登上封面，所以把她殺了，很合理。」

小鹿：「這已經完全本末倒置了吧！」

葉藏：「等、等一下——葉柔不要啊啊啊啊啊啊啊！」

（為了阻止行凶的葉柔，本章到此結束）

後記　第二章

小鹿：「後記再度重啟。」
葉柔：「剛剛什麼都沒發生。」
小鹿：「在後記談論封面、戲分之類的問題，果然還是太血腥暴力了。不如我們聊點愉快的話題吧——」
葉柔：「比方說小鹿的責編『又』離職了嗎？」
小鹿：「……………這是很愉快的話題嗎？」
葉柔：「說不定對已經離職的責編是啊，覺得脫離苦海。」
小鹿：「……………」
葉柔：「一開始是C責編，接著是L責編，沒想到才出了一本深表五，就又換了一個新的T責編。」
小鹿：「……………」
葉柔：「一套系列殺了兩個責編，而且都是在尖端出版小有名氣的經驗者。」
小鹿：「也還好啦，一個讓許多小說改編成電影，一個是果青的臺版負責人。」
葉柔：「但就算歷經這麼多大風大浪，他們的一世英名終究還是折損在小鹿手中，究竟深表出完後，尖端出版還會剩下幾個編輯呢？」

小鹿：「這是什麼新穎的大逃殺遊戲……？」

葉柔：「『尖端的執行長將所有編輯集合在密室之中，突如其來地宣布：「現在大家開始自相殘殺吧。」被砍死的人，就去當小鹿責編。』」

小鹿：「都被砍死了，是要怎麼當我責編！」

葉柔：「反正當了妳的責編，就跟死了是一樣意思。」

小鹿：「…………」

葉柔：「看來T責編的編輯之路似乎也走到了盡頭，勸她最好及早規劃退休生活。」

小鹿：「別亂說好嗎！你難道不知道現在的新責編——T責編有多好嗎？」

葉柔：「怎麼說？」

小鹿：「因為她現在是我責編，掌握我的生殺大權，所以我覺得她很好，甚至可以說是全世界最優秀的人類了。」

葉柔：「咦？這段話好有既視感，是不是在上一集曾經出現過啊？」

小鹿：「她是個非常有毅力且耐心的人，不管多大的苦難都能忍受，是個非常具有忍耐力的編輯，真要我說的話……對，她就是個忍辱負重的天才。」

葉柔：「是不是過於強調『忍耐』這個特質了？」

小鹿：「不管作者提出多無理的要求，她都會盡力配合。」

葉柔：「嗯嗯，『無理』，嗯嗯嗯。」

小鹿：「就算我說接著的後記都要改成鏡射文字，她也會遵照辦理。」

葉柔：「等一下，這會不會太過分——」

小鹿：「一點都不過分啊。」

葉柔：「真的改了！為了再屠殺一個編輯，你還真的改了！」

小鹿：「大家只要用鏡子照一下就能正常閱讀了，問題不大。」

葉柔：「什麼問題不大，這對編輯跟讀者的眼睛來說是毀滅性的傷害啊！」

小鹿：「連個鏡射文字都不會讀，讀什麼書。」

葉柔：「竟然趁大家看不懂，偷渡嗆人的話？」

小鹿：「感謝尖端出版、感謝美麗的責任編輯、感謝插畫家Mocps老師——」

葉柔：「有正有反！越來越難看懂了！妳是不是根本不想謝他們啊！」

小鹿：「我只是想從各個角度謝而已。」

葉柔：「還真的是各個角度，都三百六十度了！」

小鹿：「其實接著我還想嘗試半透明字體後記、有部分筆畫是彩色的炫彩後記、火燒之後才能顯現的忍者後記——」

T責編：「夠了——！」

後記 第二章

小鹿：「拖了這麼久，我們差不多該進入今天的正題了。」
葉柔：「咦？正題是什麼？」
小鹿：「我們的正題那麼明顯，葉柔妳竟然看不出來？」
葉柔：「原來很明顯嗎？」
小鹿：「一直以來的後記，正題都是同一個——」
小鹿：「那就是『寫了幾千字後，還是搞不清楚正題是什麼』——這就是我們的正題。」
葉柔：「…………真是深奧。」
小鹿：「但這樣的日子，也要迎來終點了。」
葉柔：「什麼意思？」
小鹿：「在此，我要宣布一個惋惜又令人難過的消息。」
葉柔：「該、該不會——」
小鹿：「下一集，也就是第七集深表遺憾，就是本系列的最後一集——」

T責編：「喔耶——！」

小鹿：「…………………」

T責編：「喔耶！喔耶！喔耶————————！」

小鹿：「……責編之所以那麼開心，想必是為了系列的圓滿成功而雀躍——」

T責編：「我做到了————我活下來了！」

小鹿：「…………」

T責編：「爸！媽！我沒有放棄真是太好了————嗚啊啊啊啊啊啊啊啊啊啊啊啊（跪倒痛哭）！」

小鹿：「………………………………………」

葉柔：「小鹿、小鹿。」

小鹿：「什麼事？該不會妳也要歡呼吧？」

葉柔：「不，系列結束我是很難過的。」

小鹿：「妳接著是不是要說『因為葉藏上封面的機會只剩下一次了？』」

葉柔：「我才不會說這麼過分的話呢。」

小鹿：「那妳想說什麼？」

葉柔：「如果第七集的封面不是姊姊，不如這集就腰斬了吧。」

小鹿：「很好，妳想說的話比我預想的還過分百倍。」

葉藏：「那、那個……」

小鹿：「什麼事？葉藏？」

葉藏：「如果第七集的封面不是科塔，不如這集就腰斬了吧。」

小鹿：「妳們倆果然是姊妹！想的事情完全一模一樣！」

葉柔：「姊姊，妳果然對科塔……」

葉藏：「嗯……（點頭）」

葉柔：「——————嗚！」

小鹿：「等一下！為何掉眼淚了，現在是在演哪齣？」

葉柔：「雖然我喜歡的姊姊從沒看著我，但沒有關係——」

葉柔：「我喜歡的姊姊，就是一直愛著科塔的姊姊……」

小鹿：「不要突然說出失戀的女配角會說的臺詞！」

葉柔：「但是，果然還是好不甘心呢……明明、明明是我先喜歡上的……」

小鹿：「這種青梅竹馬被甩的臺詞又是怎麼回事！」

葉藏：「抱歉，葉柔，但科塔對我來說是特別的。」

葉柔：「為什麼！我究竟哪裡比不上她了！只要姊姊開口，我就願意努力變成妳喜歡的樣子啊！」

葉藏：「不管妳再怎麼努力都是不行的，畢竟妳看——」

葉藏：「科塔是我的女兒，但妳不是。」

小鹿：「科塔也不是妳的女兒啊！」

葉藏：「不，她就是我的女兒，妳看她的手指數目跟我完全一樣！」

小鹿：「葉柔的手指數量也跟妳一樣啊！」

葉柔：「姊姊若是想要女兒，我也可以叫妳一聲媽啊！葉藏媽媽———！」

小鹿：「葉柔！妳這角色到底要崩壞到怎樣的地步！」

葉藏：「就算妳真的叫我媽媽，妳還是無法成為我的女兒。」

小鹿：「不，不管做什麼，親生妹妹都不會變成女兒吧？」

葉藏：「就算形式上成為女兒，但妳的內在，還是欠缺一個很重要的東西。」

葉柔：「什麼東西？」

葉藏：「那就是——」

葉藏：「我跟季武主人之間的愛。」

小鹿：「那種東西科塔也沒有吧！科塔又不是妳跟季武的愛情結晶！」

雨冬：「有人提到武大人的愛情結晶嗎？」

小鹿：「復活了！正傳不知道發生什麼事的角色，竟然在後記復活了！」

葉柔：「我明白了，也就是說，只要姊姊跟季武哥哥生出我來，我就能成為妳的女兒了，對吧？」

小鹿：「葉柔！妳到底明白了什麼？說的話已經毫無邏輯可言了啊！」

雨冬：「是誰要跟武大人生孩子？是誰！」

小鹿：「妳拿著刀做什麼，為什麼生死不明的傢伙會拿著刀在後記砍人啊！」

雨冬：「呵呵……我看看啊——」

雨冬：「葉藏的肚子裡頭，不是什麼都沒有嗎？」

小鹿：「啊啊啊啊啊啊啊啊啊啊啊啊啊啊啊！」

（之後的聲音和畫面都消失了，取而代之的，是一艘遊艇在漂亮湖面上航行的情景，真可謂是「Nice Boat」。）

過了不知多久後，畫面再度回來。

就像是要遮掩什麼，畫面上的三人正坐在地上，露出了不自然的燦爛笑容。

葉藏：「因為深表七是最後一集。」

葉柔：「要做很多準備。」

小鹿：「所以下一集的時間間隔會拉得長些。」

葉藏：「目前預定在二〇一九年的暑假前推出，還請各位——」

小鹿、葉藏、葉柔：「多多支持喔！」

深表遺憾，我病起來連自己都怕

原創浮文字

深表遺憾，我病起來連自己都怕 6

著　　者／小鹿
發 行 人／黃鎮隆
總 編 輯／洪琇菁
執行編輯／曾鈺淳
企劃宣傳／邱小祐、劉宜蓉
文字校對／朱瑩倫、施亞蒨

封面插畫／Mocha
副總經理／陳君平
國際版權／黃令歡、李子琪
美術編輯／陳聖義
內文排版／謝青秀

出　　版／城邦文化事業股份有限公司 尖端出版
台北市中山區民生東路二段一四一號十樓
電話：（〇二）二五〇〇七六〇〇
傳真：（〇二）二五〇〇二六八三
E-mail：7novels@mail2.spp.com.tw

發　　行／英屬蓋曼群島商家庭傳媒股份有限公司城邦分公司 尖端出版
台北市中山區民生東路二段一四一號十樓
電話：（〇二）二五〇〇—七六〇〇（代表號）
傳真：（〇二）二五〇〇—一九七九

北部經銷／祥友圖書有限公司
電話：（〇二）八五一二—三八五一
傳真：（〇二）八五一二—四二五五

中彰投以北經銷（含宜花東）／楨彥有限公司
電話：（〇二）八九一九—三三六九
傳真：（〇二）八九一四—五五二四

雲嘉經銷／智豐圖書股份有限公司 嘉義公司
電話：（〇五）二三三—三八五二
傳真：（〇五）二三三—三八六三

南部經銷／智豐圖書股份有限公司 高雄公司
電話：（〇七）三七三—〇〇七九
傳真：（〇七）三七三—〇〇八七

一代匯集／香港九龍旺角塘尾道六十四號龍駒企業大廈十樓B &D室
電話：（八五二）二七八三—八一〇二
傳真：（八五二）二七八二—一五二九

馬新經銷／城邦（馬新）出版集團Cite (M) Sdn. Bhd.
E-mail：cite@cite.com.my

法律顧問／王子文律師 元禾法律事務所
台北市羅斯福路三段三十七號十五樓

二〇一八年十二月一版一刷

■中文版■

郵購注意事項：
1.填妥劃撥單資料：帳號：50003021戶名：英屬蓋曼群島商家庭傳媒(股)公司城邦分公司。2.通信欄內註明訂購書名與冊數。3.劃撥金額低於500元，請加附掛號郵資50元。如劃撥日起 10～14日，仍未收到書時，請洽劃撥組。劃撥專線TEL：(03)312-4212 ・ FAX：(03)322-4621。E-mail：marketing@spp.com.tw

國家圖書館出版品預行編目資料

深表遺憾，我病起來連自己都怕6 / 小鹿 作.
--初版. --臺北市：尖端出版, 2018.12
冊；公分
ISBN 978-957-10-8376-6(第6冊：平裝)

857.7 106003745